家族簡史

許榮輝 著

目錄

第四幕

第五幕

第六幕

第七幕

第八幕

第九幕

第十幕

獻給母親

由心而發的聲音不會走調

——許榮輝遺著《家族簡史》

◎蔡益懷

文學有時候就是一份人生的備份。

對於這樣的寫作人來說，書寫只是一種記錄，諦聽內心的聲音，訴說自己的故事。我想，許榮輝就是其中一位。讀畢他的這本遺著《家族簡史》，一個最大的感受是，由心而發的聲音不會走調。他完成了人生最後的訴說，也為自己的文學生涯劃下了一個完滿的句號。

跟許君相交沒有二十年也有十七、八年了，但素未謀面，說來也有幾分神奇。早些年，編輯文學雜誌每逢組織本地創作特輯，必會想到他，而他也從來沒有爽過約。我重視他的文字，因為相信他的創作來自於生活，接地氣，有地方經驗和特色。我能感受到他的性格與品性，所以也沒想過要打擾他的生活。我的處世態度是，只要頻道相合，遙相守望、保持默契就好，不必刻意往來，這樣相處大家都不累。我尊重他的文學品格，同樣也欣賞他沉靜低調的人生姿態。

對於一個文學中人來說，有甚麼樣的狀態好過自我沉潛、默默耕耘？再說，整天不甘寂寞、自我張揚之流，泰半也不會真有大出息。出於這樣的個人成見，我總是特別看重許君這樣的寫作人。

底層社會的生活經歷與記憶，鑄就了他的文學品性，也決定了他的創作底色：訴說人生的苦難，頌讚生命的堅韌。從《我的世紀》到《家族簡史》，都體現了這樣的創作基調，他的創作大多是艱難人生結出來的苦情之果，呻個體之苦，吟生活之難。

《家族簡史》也不例外，這是一個家族的簡史，承載的則是一個族群的記憶。

此作通過憶述的形式，揭示一個家族四代人的經歷，同時反映出社會底層人物的生存狀況。其中有心靈的告白，也有對人生的反思與感悟。所謂人生如戲，此作顯然有此意旨，刻意以戲劇中「幕」的概念來分章節，將人物都想像成在人生舞台上出場的角色。這齣家族劇集的第一代主角蔡烏願，是開山祖師，苦難仙子的化身；第二代施秀美，是蔡烏願的女兒，一生同樣備嘗艱辛，乃自強不息的典範；第三代若秀、若美是秀美的女兒，也都各有奮發的人生軌跡；第四代的陳芳雨，是若秀的女兒，體現新一代對美好前景的憧憬。除了這四代女性之外，施秀美的前後兩任丈夫大哥洪與宋平，及閨密李芳紅，也都是這個舞台上重要的配角。整個作品的一個關鍵詞是「苦」，從苦命到苦旅，表現的一個主旨是「搵食艱難」。施秀美的感懷，「我對母親最深刻的印象，是『忙』、『累』、『病』、『憂』」；李芳紅的告白，「我們母親那一代的女子，是帶着『宿命』來到這個世界的，她們的命運都早已安排好了的」，她們的這番告白，就是本書主題基調的極佳注釋。

作家的寫作往往源於一種「執」，如童年的記憶、刻骨銘心的經歷，不管是有意識的追懷，還是無意識的驅遣，這種「執」通常都能成為持續創作的動力。許榮輝的苦難書寫，尤其是對母親苦難者形象的刻寫，正是一個現成的範例。早在《我的世紀》中，他就着力描述了一位刻苦耐勞、善良隱忍的母親。《家族簡史》中的開山鼻祖、第一代母親蔡烏願，可以說是前作中母親形象的沿續。許榮輝將他對母親的情感，都傾注在這樣一位女性的身上，以之作為苦難仙子的化身，表現他對天下母親的敬仰與感念。在他筆下，「母愛」已然成了一種基本的人生元素以及創作元素，其中包括了磨難的成份，也體現堅韌生命力，代表翼羽下一代也給他們生命的力量。於是，施秀美以及她的女兒、孫女，都鎔鑄在母性形象這個合金體中，共同演繹着這種人間大愛的意涵。

這個家族是一個族群的縮影。雖然作者刻意模糊化處理人物的籍貫，但從作品中所描述的生活形態，不難看出這是一個閩南人家族。這些在春秧街、馬寶道一帶起居、打拼的底層人物，如蔡烏願、施秀美、若秀、李芳紅，無疑都會讓讀者聯想到一個特別的族群。我自己就生長在閩南人家庭，對書中所描述的種種生活現象都有體察，對其中的一些感受也不乏共鳴。他們的故事，能喚起許多人的族群記憶。從內容題材與人物形象來看，這個作品可視為一代移民及其後代的人生寫照。

許榮輝是個講故事的人，但不「編故事」。他的寫作大都從個人的經歷、記憶出發，寫他看到的、聽到的或想到的，這種自敍傳式的寫作以傾訴、告白為主。他不追求長江大河式的宏大敍事，也不作全景式的鳥瞰與展示，相反大都是注目於一些日常生活場景，通過一些瞬間的畫面，作點染式的描繪，吉光片羽，以閃光的碎片連綴故事。

《家族簡史》以絮語的形式，通過若干個體人物的自我敍述，拼貼出一幅斑駁的人生畫卷。施秀美、若美、李芳紅、陳芳雨、若秀，相繼登場，憶述她們記憶中的畫面、場景，不同的聲部形成對話，相互交織，產生合鳴，構成了一部協奏曲。如對蔡烏顧這個形象的刻寫，是通過眾人之口的間接描述來完成。施秀美以女兒的身份述說的往事，與宋若美從孫女，以及陳芳雨從曾孫女的視角所作的講述，各有聲調，內容恰成對照。且聽她們的聲音——

施秀美的絮語：

那是我的生日，一大早起床，就會看見母親已為我煮好了一碗米線。米線上有兩隻雞蛋、冬菇和各種海鮮，是母親為我帶來的最具家鄉風味的食物。後來，到了生日，我對這一碗米線就很期盼了。

宋若美的述說：

我對外祖母蔡烏顧，印象已很模糊。她年紀太大了，而我年紀又太小。我記得外婆好像曾對我露出慈祥的笑，要是真的這樣，也好像在夢中似的。

陳芳雨的憶述：

外婆說，她堅信，最美好的食物，總是含有濃烈的感情在內。在她的心頭裏，最好吃的，是外曾祖母每年為她煮的那碗生日米線。

……

現在，外婆每年又都煮了一碗美味的生日米線給我吃。

從上面的例子可以看到，三個聲音出自不同的角色，不同的聲部，互不關連的話語，卻形成了對話的關係。整個作品就是由這些不同的獨白構成，讀者不難從這些零碎的話語中拼出一個家族的故事。

在虛構與非虛構的交界處，許榮輝找到了自己的言說空間。他放棄了線性的敘事方式，打破了傳統戲劇式情節模式，改以絮絮的言說，以碎片式的場景、畫面，拼貼一幅馬賽克故事壁畫。

對於迷信荷里活電影編劇教條的寫作者來說，起承轉合的情節線索、一以貫之的衝突動力，才是「編故事」的不二法門，所以在他們眼中，許榮輝的小說或許在故事性方面不足為訓。然而，我想說，有太多虛構小說正是流於編造情節而荒腔走板，散發出虛假的臭味，令人厭惡。

在我看來，一個從個人經驗出發的寫作人，大可拋開故事的清規戒律，諦聽內在的聲音，聽從心靈的呼喚，感受生活為我們帶來的震顫，隨本然的性情而寫。我相信，只有這樣的寫作才會發出真實的聲音，不會走調，更不會有陳腔濫調。

在許榮輝的這部《家族簡史》中，我看到了由心而發、隨性而作的特質，聽到了真實的聲音。無疑，這是他的一份人生備份，同時也是一個家族、一個族群的「羊皮卷」(Scroll)。

2024・04・04 清明

我看許榮輝的文字因緣

◎黎漢傑

二〇二四年二月一日，我收到許榮輝先生手機傳來久違的信息。當時還以為是許先生又看到什麼好書或者文章，想和我分享討論，畢竟大家認識已經好多年，知道他的性格，話題永遠圍繞談文說藝，不會閑聊或者說八卦。豈料，一看，赫然卻是令人悲痛的噩耗：

黎先生，您好！

我是許榮輝太太，我先生於二〇二四年一月十五日因病離世，喪禮已於昨日舉行。

許生有個遺願，拜託黎先生出版他的小說，不知是否可行。

我真的想不到，兩個月前還和許先生電郵往還，商討一本短篇小說集的內容，準備申請藝術發展局資助，書稿到今日還在我手，但先生卻已經不在了。

近年因病，記憶不十分清晰，認識許先生的詳細經過，印象模糊。依稀記得，是在《城市文藝》偶然讀到他的短篇小說，繼而在劉以鬯前輩主編《香港短篇小說百年精華》，追看他的成名作〈鼠〉。這才知道原來我們有這麼一位優秀的小說家，驚喜之餘，卻也覺得可惜。他的作品既多且精，卻為何完全沒有作品結集出版過？當時，自己初創出版社，凡事敢於嘗試，為求出版好書，不怕尷尬，因此致函梅子先生，請他代為引薦。梅子先生一向樂於助人，很爽快就答應了。就是這樣，我和許先生開始了這些年的文字因緣。

二〇一八年，我們合作的第一本小說集《我的世紀》出版，並獲得第十五屆香港中文文學雙年獎——小說組首獎。一般來說，作者奪得獎項，高興之餘總會到場領獎，感受會場的氣氛以及大眾的祝賀，多少滿足一下自己的虛榮心。這當然是正常不過的事，尤其是像許先生那樣，默默筆耕數十年，到了頭髮斑白才得獎，更可以說是遲來的掌聲。不過，許先生非常謙厚，並沒親身出席活動，反而是邀請我以出版人的身份去領獎。相比社交應酬，他更喜歡一個人靜靜的閱讀、寫作。

是的，許先生是一個純粹的寫作人，你不會在大大小小的展覽、活動、發佈會看到他的身影。即便是我，和他合作出版過《我的世紀》（2018）、《石龜島傳說》（2020）、《對照細說》（2022）三本小說集，也只是和他有數面之緣。其中一次，是《我的世紀》得獎之後，許先生相約梅子先生與我，在北角茶聚，算是慶功宴吧。其餘幾次都是在快餐店、咖啡店匆匆交談，不過地點還是在北角。那時，我一直困惑，為何許先生對北角情有獨鍾，直至收到許太電郵傳來他的長篇小說遺作《家族簡史》，我才知道，原來他就像小說的那些主人公，在這個地方成長、生活，甚至打工。縱使後來遷居他處，年長一輩如他還是對故居念念不忘。

文學評論都將許先生歸類為現實主義、寫實派的作家，但因為他甚少露面，也從不作自我宣傳，所以一般人不會太清楚他的寫作歷程，以及風格形成的因由。其實，若果仔細爬梳他寫過的散文與評論文章，倒能拾到一鱗半爪。他曾在〈只有真善美，才有大愛〉一文自言，寫作路上影響他最大的，外國的是契訶夫，本地的是張初：

> 我認識張初先生，是開始於閱讀他的文學作品。上個世紀六十年代中，我讀了他的一篇叫做〈廠長〉的報道文學，其實也是一篇相當出色的短篇小說。
>
> ……
>
> 這篇小說叫我當時讀了震撼，並不僅僅因為我也生活其中，在那段歲月也做過家庭手工，而是一直想著，小說怎麼可以寫得這麼精彩，把時代脈搏捕捉得那麼準確！我們如何把我們生活的時代某種最普遍的生活畫面捕捉，然後以特別的角度切入，寫得深刻而動人，哪裏是容易的事。照我看來，這個經典短篇，像我喜歡的契訶夫短篇那樣的精緻、深刻、動人。

許先生固然是出身基層，所以寫他熟悉的底下階層生活，是順理成章。但是，他的本意是希望透過呈現這些生活畫面，去把握時代的脈搏，換言之，就是以小見大。

回頭看他兩部書的書名，起點的《我的世紀》，以及終點的《家族簡史》，都是以一己的「我的」、「家族」，去刻畫一個社會的「世紀」、「簡史」。《我的世紀》是短篇小說集，目錄是許生親自編排，以時代劃分，即二十世紀六十年代、二十世紀七十年代、二十世紀八十年代、二十世紀九十年代、二十一世紀初以及二十一世紀一十年代，涵蓋的範圍正好是他開始移居香港，直至當下，所以題目曰：「我的」，理由在此。《我的世紀》是以時間作歸納，敘述的角度是垂直的，至於《家族簡史》則是四代人的獨白為中心，作橫切的鋪陳。他以這一豎一橫，去把握這個城市的時代脈搏。

《家族簡史》講述的是一家四代人的生活，起自移民南下的蔡鳥願，終於他鄉漂泊的陳芳雨。故事以多幕劇的形式，讓每一篇的主人公現身臺前，獨白自己的所看、所思、所言、所行。這種運用多人的限知視角敘述，結構類近俄國文學理論家巴赫金（Mikhail Mikhailovich Bakhtin, 1895-1975）的「複調小說」（Polyphonic Novel），「在一部作品中能夠並行不悖地使用各種不同類型的語言，各自都得到鮮明的表現而絕不劃一，這一點是小說、散文最為重要的特點之一。」（巴赫金著、白春仁、顧亞鈴譯《巴赫金全集》（石家莊：河北教育出版社，1998），卷5，頁266）正好切合開首言明的口述歷史設定：

大家聽了這個提議都高興得不得了，都很興奮。

若秀說：「家族簡史，口述的？到底是誰想出了這樣好的主意？」

……

秀美說：「芳雨說，只要跟家族有關的，都可以憶述，可以是關於自己的事情，關於家族裏的人與事，就算是一條街道，一件物品，只要與家族有關，都可以用來口述一番，不受限制。」

若秀說：「生個孩子，也可以拿來憶述一番。」

李芳紅笑着說：「那是當然了。就家史來說，其實是大事。」

口述家族的生活片段，看似零碎散亂、不成系統，實則作者是希望構成一幅反映戰後香港小市民的浮世繪。

家族第一代蔡烏願因已去世，所以她的故事由女兒施秀美代為憶述。開篇即在她的名字「烏」上做文章：「讓人想到的都是不好的東西，烏雲密佈，烏鴉，要是讓我慢慢想的話，還有很多。」名字，對蔡烏願那一代女性，不是一種個人的標記，而是一個族群的代號：

王慶是這樣説的，在家鄉，母親一輩（也許還有更上幾輩，這一點，我就不大確知了），名字裏都有個「烏」字。我母親的名字裏，當然也有個「烏」字。

小時候，生活在那麼多名字裏都有個「烏」字的女子中，覺得是很自然的事，就像從古早就傳下來的儀式，有怎麼的規矩都得遵守。就如這個「烏」字，大家都有，你怎麼可以沒有呢？

這種具體而微的觀察，確實是當時南下香港那一代大部分女性的形象：從農村出來，信守的是傳統鄉土的規範，整齊劃一，共同體比個人重要。為了家族，她們可以默默付出，甚至勇於犧牲，蔡烏願的婚姻正是其中一個例子，丈夫的年紀比自己大好多，雙方結合，都是出自盲婚啞嫁，事先沒有感情基礎，只是信從長輩的安排，就成為夫妻。而丈夫娶妻，幸福片刻，又再遠渡南洋謀生活。但是，蔡烏願雖然年少，但比丈夫更刻苦、更能忍耐：「一個傳統女子依在丈夫身邊露出甜美的笑容，既是含蓄卻明顯又是十分高興、樂意」，「一對患難夫妻，妻子對丈夫完全沒有怨恨」，生活雖然艱難，卻從沒有失去熱情。

蔡烏願雖然在故事裏缺席，沒有親自登場，但卻是最重要的。她的後代，全部都遺傳了她的特質：堅忍。對生活、對人事、對未來，都不放棄。蔡烏頤的女兒施秀美經歷過一次失敗的婚姻，仍然能夠挺過來，重新開創事業，再次收穫愛情。施秀美第一次婚姻出生的女兒洪若秀年少時父母離異，導致性格叛逆，人生曾經跌入谷底，但環境再惡劣，仍然默默守護女兒陳芳雨。陳芳雨自幼聰明好學，獨立自強，繼承了蔡烏頤的頑強鬥志。至於施秀美第二次婚姻出生的女兒宋若美，則擁有蔡烏頤溫柔、善良的特質。面對同母異父的姐姐，她主動攀談親近，及至協助調解母親與姐姐多年的心結，促成家庭的大團圓，實在居功至偉。

蔡烏頤的故事，有女兒施秀美，以及孫女洪若秀的追憶，補充遺失的家族拼圖。而施秀美兩次婚姻的轉折，兩個同母異父的姐妹洪若秀與宋若美，以及宋若美與姨甥女陳芳雨的互動，則透過施秀美好友李芳紅的視角敘述。因此，李芳紅主要出現在第七、八幕，以另一種敘述的視角，補寫家族幾位女性的生活片段。如此，則讓一家人的眾聲喧嘩以外，增添一個冷靜、客觀的聲音。

從我到家族，由世紀至簡史，許榮輝先生都是一邊刻畫人物角色片段零散的生活情節，一邊站在故事之外以敘述者的角度去評點、引申到現實香港的時代狀況。因此，不少論者說過許先生的作品「散文化」，這當然是受到他最推崇的小説家，契訶夫的影響。所謂「小説散文化」，老前輩汪曾祺在〈小説的散文化〉講得最簡潔。要言之，就是這類小説「一般不寫重大題材」、「他們所關注的往往是小事」、「不過分地刻畫人物」、「大都不是心理小説」、「不去挖掘人的心理深層結構」以及「好像完全不考慮結構，寫得輕輕鬆鬆，隨隨便便，瀟瀟灑灑」。回頭看《家族簡史》，每個人物獨白的只是人生幾個片段，敘述也不按時序鋪陳，可以說，是以作者的意念為中心，故事的情節只是服從的配角。因此，本書會在第一幕先安排蔡烏願的孫女宋若美先敘述外婆最愛講述「喜鵲報喜」的故事，時序在後：

有一晚，我跟母親閒談，母親笑着說，若美，你想不到吧，你外婆也會講故事給我聽哩。……

母親說：「你外婆太喜歡講這個故事了，每一次講都用同一種口吻，一種愉悅的口吻，對她自己講的故事內容充滿了熱愛。……」

之後第二幕才輪到蔡烏願的女兒施秀美追記童年時與母親居住的是板間房奇景，時序在前：

從我稍為懂事起，記憶裏，我們母女經常搬家，居無定所。無論搬到哪裏，住的都是板間房，而且無論住到哪裏，同一居所裏的總有女子。……

我大概可以這樣補充說，這些女子，年紀跟我母親相仿，鄉音未改，單身的多，常常喜歡兩、三個單身女子合租一間板間房。這樣生活負擔就輕得多。

雖然講的是蔡烏願的生活，但並沒有對她的心理活動作直接描寫，只是透過她女兒的評價來推敲她本人的所思所想：「對她自己講的故事內容充滿了熱愛」、「後來我就知道，母親喜歡選擇這樣的地方居住。」而這些回憶之所以被敘述，其實是為了讓作者順利說出以下對當時世代的觀察：

生於貧窮年代，當外婆聽了這個故事，並且知道故事意義的時候，外婆的心靈是會很有感受的吧，上天對人間是好的，只不過是喜鵲報錯了喜而已。以這樣的方式來認識人生，日子是不是就會好過了些？都是命運使然。

我的母親一定也是一樣，大概是某個親戚，帶着剛從蛇頭那裏贖回來的母親，站在車水馬龍的街頭，一副驚慌失措的、不知如何過馬路的無助樣子。

徬徨的心是需要安頓的，這樣一種聚居的情況，很自然地發展了出來，經過輾轉介紹，一個大單位裏的幾個板間房，往往住的都是這些來港與夫會面的女子。

所以，他的寫作信念，由第一本小說《我的世紀》，到臨終的《家族簡史》，都是從生活出發，卻不止於單純的客觀呈現、寫實、照像，而是透過故事，去說心中的話。

二〇二四年五月二十日

序幕 1

大家聽了這個提議都高興得不得了，都很興奮。

若秀說：「家族簡史，口述的？到底是誰想出了這樣好的主意？」

李芳紅接口說：「還不是你那個寶貝女，在你不得意時，把你當作像是小女孩一般呵護的小天使。你們家族裏最年輕的一代呀！受過最高教育，頭腦最聰明，才提得出這個主意。我想她極可能是未來要拿來這個家族簡史來做研究，把你們家族發揚光大，最後變成了城中名門。」

若秀聽了她這樣說，不禁抿着嘴笑了：「芳紅姨就是喜歡誇張。若論聰明，哪裏及得上若美。若美是她的老師。但口述要口述些甚麼？」

秀美說：「芳雨說，只要跟家族有關的，都可以憶述，可以是關於自己的事情，關於家族裏的人與事，就算是一條街道，一件物品，只要與家族有關，都可以用來口述一番，不受限制。」

若秀說：「生個孩子，也可以拿來憶述一番。」

李芳紅笑着說：「那是當然了。就家史來說，其實是大事。」

若美補充說：「憶述時，情緒可以任意發揮，喜怒哀樂，毫不限制。這樣，家族簡史才會顯得真實，豐富。至於長或短，也可以興之所至。只是要真實、有價值，有趣。」

若美説，芳雨又想出了一個好主意。可以把自己想像成為演員，在舞台上演出獨幕劇，獨白，這樣，就能夠更加投入。

人生如戲嘛，大家都為這個主意叫絕。

靠着一個又一個記憶片段，串成家族簡史，那是會怎樣的呢？

這是很富想像空間的。

序幕 2

既然要演員，就得把全部主要演員羅列出來。

蔡烏願：

她是家族的第一代，名副其實的開山祖師。家族簡史口述計劃正式開展時，她已不在世，無從親自登台憶述。有關她的經歷、事跡，只好由家人和其他知情者代為憶述。

施幸有：

他是蔡烏願的丈夫，是家族簡史裏一個不能漏掉的重要人物。他也不在世，有關他的經歷，事跡，也只好由家人和其他知情者代為憶述。

施秀美：

她是蔡烏願的女兒，家族的第二代。在世的家人當中，她輩分最高，年紀最大，所知道的家史最多，因而出場的次數也最多。可被稱為第一女主角。

洪若秀：

她是施秀美第一次婚姻出生的女兒，家族的第三代。

大家原本以為她不會參加憶述，這會造成很大遺憾，其實她是很熱衷參加。

宋若美：

她是施秀美第二次婚姻出生的女兒，家族的第三代。受過高等教育。

陳芳雨：

洪若秀女兒，家族的第四代。一個很聰明、善良的年輕人。也受過高等教育。在她和若美身上，寄託着美好前景的希望。

李芳紅：

她是施秀美的閨密。雖然不是家族成員，但與家族有着千絲萬縷的關係，所知道的事情不少。事實上，施秀美已把她視為家人，姊妹一般親密。

還有一些次要的，不會登場的人物，也不宜漏掉。

例如施秀美第一任丈夫洪天來。她的第二任丈夫宋平。

還有一些對家史有所見，有所聞，有所知的人，只有透過他們，家人才能看到無法看得到的家史的某些角落。

第一幕

1、施秀美 (1)・名字

一想起母親，我就會想到她的名字。

施烏願。

我肯定我從稍為懂事起，對母親名字中的那個「烏」字，已感到很驚奇！為甚麼要選個「烏」字呢？有甚麼好處，讓人想到的都是不好的東西，烏雲密佈，烏鴉，要是讓我慢慢想的話，還有很多。

母親連一個名字也是這麼低微，我幾乎可以嗅到充滿了不可思議的土氣。我對母親的名字這樣敏感，真的恰當嗎？我想可憐的母親，當她需要為我起個名字的時候，應該很苦惱吧。不知是哪個善心人，為我起了「秀美」這個名字，雖然很俗氣，卻已很不錯了。這個善心人很慷慨，希望我又秀又美，是一種很大的祝福。

我對母親的整個感覺，最初就是這樣。

但最後，母親在我的心目中，已成了世間最可敬的，最偉大的人。

這並不奇怪。我相信在很多人的心目中，都有一個很平凡，甚至很低微，但很可敬的人。這個人必定是至親。

2、施秀美 (2)・名字

並不是我母親蔡烏願的名字裏，才有這個「烏」字。

有時，我會覺得我像聽一個寓言，聽着有關這個「烏」字的故事。故事是由一個叫王慶的阿叔講給我聽的。這個名字以後我還會提出多次，因為我母親移居到香港的情況，都是靠他告訴我，我才知道多少的。

王慶是這樣說的，在家鄉，母親一輩（也許還有更上幾輩，這一點，我就不大確知了），名字裏都有個「烏」字。我母親的名字裏，當然也有個「烏」字。

小時候，生活在那麼多名字裏都有個「烏」字的女子中，覺得是很自然的事，就像從古早就傳下來的儀式，有怎麼的規矩都得遵守。就如這個「烏」字，大家都有，你怎麼可以沒有呢？然後，王慶就有點老氣橫秋，感慨說，只是，離開家鄉日久，回望一下，依稀就看到了母親們名字裏所含着的人生。有時只看名字，就已有了苦澀的感覺。

我當時真的很想問，為甚麼有這麼大的感慨。但其實，後來我自己的感慨更加大。

王慶說，家鄉其實也不能算是窮鄉僻壤，畢竟是僑鄉呀！我告訴你一件趣事，因為是生長在僑鄉，感到自己很富貴。

王慶對我這樣說的時候，我並沒有太為意，後來卻是愈來愈深刻。王慶說回母親那一代，絕大多數是文盲的，王慶說，更上幾代的，文化程度怎樣，更加是可想而知了。

王慶說，這是他自己想的，在這樣的文化背景下，那時的父母要為新生嬰兒取個名字，不太容易，更別說是優雅一點的名字了。

為甚麼女子名字裏會一律有個「烏」字，於我是難以稽考的事了。可是有了這個每個女子一出生就可以用上的「烏」字，於取名時可帶來莫大方便，卻是肯定的。王慶笑着說。

母親那一輩，名字通常都是三個字，第一個字是姓氏，第二個字是「烏」，要傷點腦筋的是第三個字。可是即便是這個要傷點腦筋的字，在我看來，家鄉的父母們經常也就是信手拈來。有時實在沒有辦法，胡亂找個字，也就算了，並不太計較。所以，很有機會聽到一個莫名其妙，很滑稽的名字，而這個名字是一生都要用上的。

在鄉下，真正需要把名字寫在書面上的機會很少。這就是為甚麼胡亂取個名字，也不礙事。不過，母親一輩一旦移居大城市，情況就變得有點不同了，把名字寫在書面上的機會大增，至少總要把名字寫在身份證上吧，有點奇異的名字就惹人注意了。

「烏」這個字，並非完全沒有意思。這卻是我後來才知道的。

王慶很認真這樣說。他總覺得，在其他地方，大概會理解「烏」這個字，字面上總含點負面的意思，比如，「烏鴉」、「烏天暗地」、「烏冇」。

我想對王慶說，我的直覺就是這樣，名字裏有這個字，不大吉祥。

可是王慶早已緊接着說，在我家鄉，這個「烏」字可不會這麼理解，明顯帶着尊稱的意味。譬如，一個女人，在路上遇上了另一個陌生女人，因為不知道對方的名字，甚至即使知道，也因為貪方便，通常就會在她的後面大聲地打招呼：「烏耶，烏耶。」那種口氣，是如此充滿了親切，像個家人。

確實，以家鄉話來發音，「烏」這個字聽起來很柔和，很親切。

被叫喚的人，回過頭來，展開了一個溫文的笑。

就連名字都是這般簡樸、如此相同，令人感到那個時代的女子，命運都是大同小異，她們生活裏的甜酸苦辣，不必傾訴，都是會彼此知道的。

王慶所說的名字裏有「烏」這個字，是還在鄉下的女人。

後來我遇上的名字裏有「烏」這個字的女人，已經移居來了香港。

我的想法跟王慶的想法，有點不謀而合。我覺得，對母親那一代婦女，「烏」這個字好像就是她們之間一個奇妙的密碼，一看到對方也有個「烏」字，就知道對方的一點身世，因為對方的這點身世，也等於是自己的身世。

甚至她們的秘密也似乎是相通的。

3、施秀美(3)·相片

有個印象，像紋身一般刻在我的腦海裏，太深刻了，磨滅不了。

因為是涉及母親，所以才會那麼深刻。

好像是因為母親經歷了生死未卜的偷渡艱險，成功來到了香港，才能得到這樣的獎賞。

我所説的，是一張照片。

那個時候，我們母女維持着一種為時很長的生活形態。

當我稍為懂事，就已發現，無論我們母女怎樣搬遷，不論搬到哪裏，縱使租住的板間房一直都只不過是幾十呎，牆上總少不了掛着一張母親和父親的合照。

確實，自從我稍為懂事後，就看慣了母親滿臉的失落，但一抬頭看到掛在牆上照片上母親的樣子，就馬上懂得，母親所有最好時光，都留在這張照片裏了。

拍下照片上的影像，只需一刹那，對母親來説，留下的卻是永恆。那瞬間流露出來的幸福，都變成了永恆。

照片成了我們母女租房裏最重要的東西，在我們那個毫無長物的地方，這張照片就是無價寶，可以帶給我們足夠的慰藉，是母親不可或缺的精神力量。足以把母親的餘生都支撐了起來。母親留在照片裏的幸福，後來又有足夠的力量，叫我鼻酸，有時感觸得太深了，會掩着臉哭了起來，因為有了現實作為對照，而且對照的結果，反差很強烈。

我的這些情緒，當然是結合着我對人生的體味而滋生出來的，特別是當我也嚐到了婚姻的苦味，就會感慨於人生真的不容易！

傳統保守的母親，只是跟着父親一起去照相館拍一張合照，就已經這麼高興了。拍照的那一天，天氣是不是很晴朗？母親有沒有那麼一種一拍之後，立即就產生了直覺，以後不再有見面的機會，當然也沒有再拍另一張合照的機會了。母親有沒有這樣的哀傷情緒？或者只是看到目前，只一味高興？

要是跟自己毫無關係，那麼看着這張照片，或許真的有點趣味。

一個傳統女子依在丈夫身邊露出甜美的笑容，既是含蓄卻明顯又是十分高興、樂意，我對母親的這個神態也感到陌生。父親呢？以照片裏的相貌來看，應該也有五十來歲了。他的笑容卻是僵硬的，仔細看時，就會發現病容明顯，沒有母親掩飾不了的喜悦。如果母親的笑是代表着對未來的憧憬，那麼，父親那雙細小的、暗淡無光的眼睛，則顯然是已經把生活看透，而且知道了未來日子也不會有再好起來的希望。在同一張照片上，在那同一個時刻，兩人的眼神，就出現了強烈的反差，而這點反差，縱使再明顯，母親應該也是永遠看不出了，因為她自己的憧憬是太光亮了，太美好了。太光亮了，是會把暗淡照亮的，造成了假象。

照片裏的母親應當是四十來歲，穿着旗袍，身材意外地豐滿，容光煥發。也許自從這次拍照後，母親的身形就變了，變得乾癟，就像自此以後，就被抽去水分，而且再也沒有補充，而當我懂得去觀察母親時，她早已被抽乾了水分。對於年老母親曾經有過這樣的身材，跟她那刻身處的幸福時光很相襯，這是很正常的，而我卻自顧感到驚奇。

驚奇於母親有過這樣的幸福。

父親的臉龐是瘦削的，按比例身材也應該是瘦削。最讓我注意的是，即使在照片裏，也可以看得出父親的背都有點駝了。生活，無論他走到哪裏，都在沉重地壓迫着，不然不會這樣，以致他隨時都露出喘不過氣來的樣子。我甚至聽到了他的喘息聲，應該是妻子的期盼給了他壓力。父親也許是在太短的時間內，看到了母親太多的笑了。

笑可以給人愉悅，但在某種情況下，卻可以給人極之沉重的壓力。

父親的笑容僵硬，但畢竟還是一種笑，應該是硬擠出來的吧。確實在這樣的場合，笑容很自然就可以流露出來了，為甚麼卻又僵硬呢？因為心裏帶着了過份的沉重。這種時候父親流露出來的笑，必然是要表達一種責任，父親的笑似乎有個潛台詞，這個時候的笑是必要的，再不露出點笑容出來，那就很不近人情了。這樣的笑，就不可能笑得歡暢，必定蘊含無限的心事，心事的實質可能就是內疚。母親只顧歡喜，忽視了作為一個男子就得背負責任的那份沉重。

我對這幅照片的觀察看來過於仔細了，是不是因為天天都看着的緣故？

我曾經問過母親，她跟父親去拍合照的影樓在哪裏呢？

母親蔡烏顧一面茫然，你為甚麼會這樣問？然後她説，那幢樓好像已經拆建了。

時光可以把一切淘汰，留在照片裏的母親的笑，在我看來有點不真實。不可能這樣笑呀！但不論過了多少時日，母親一定會感到，她在相片裏的笑，是再真實不過了，這張照片，確確實實帶給了母親很大的溫暖。

我常想，父母舉行婚禮時，在鄉下地方，有拍過婚紗照嗎？

那是最青春美麗，最歡樂，最無憂無慮的時光呀！我真想問母親，但不敢問。

掛在我們小小板間房牆壁上的照片，肯定是在人生最黑淡的時候拍的。

如果是一直一起生活的夫妻，特別是貧賤夫妻，一定不會拍，只有久別的夫妻才會，作為妻子的才會這樣笑。

4、施秀美 (4)・相片

我母親來到香港，最重要的目的，是要跟在異域謀生，久別的丈夫會面。母親是不是得以跟丈夫拍這一張合照，心願已足？

我已知道了結果，真的很悲滄。對於父母來説，現實人生就是，拍了這張照片後，父親又回去他的謀生地，再也沒有能力第二次回來探親。對於把婚姻視為人生最重要的事，等同於生命的傳統女子，剛跟久別的丈夫團聚，然後又再永別，這算是甚麼理想婚姻，簡直可稱很殘酷，但母親卻可以笑得這麼幸福。

相片上的幸福，對照他們慘淡的人生，太強烈了，強烈得叫人受不了。

但我為甚麼要用我的所思所想，代入母親的情感世界。

母親應該有她的情感世界，而我嚴重低估了她豐富的情感世界。

但母親怎麼會把她的情感世界，對我説呢？

我只能猜想，我一直深信母親是明白父親一生都是艱辛的。自小就離家別井，哪有甚麼好日子過?在會面後看見了父親，可能加深了她的這種想法。她對父親，更可能有份憐憫。一對患難夫妻，妻子對丈夫完全沒有怨恨。

我後來知道，父親最後的日子，是在一家製造冰塊的工廠做工。菲律賓算是熱帶地區吧，至少比香港酷熱，多雨，是需要很多冰塊的。一個病弱的老人家，最後被迫在這樣的環境下做粗活，極可能還要經了人情通融才有這樣的機會，其窮途末路的境況可想而知。

從母親的口中，我知道父親生前曾經營了一間菜仔店，不是自己經營，而是跟另一個人合夥經營。不幸，這個人娶了一個當地番婆，生了一大堆孩子，就把一間原本經營就很艱難的菜仔店拖垮了。

坐吃山空，可能就是這種情況。

甚麼是菜仔店?我曾經去搜集資料，發現這就是雜貨店。是一種起早摸黑忙碌的活兒。菜仔店已在菲律賓遍地開花，成了菲律賓低下階層的一種很普遍的生活方式。華人大概已難以再以這種方式來謀生了。

5、施秀美 (5)・探親

父親是怎麼來港探親的，母親又是怎樣度過她初來港時的那段日子，我還沒有出世，我無從知道。我當然很想知道。對於傳統保守的母親，夫妻之間的事，都是屬於私秘的事，就算身為女兒，都不容易從她那裏聽到些甚麼。

這又得依賴那個叫王慶的叔輩，他曾跟我母親在同一個單位內生活過一段日子，當時他大約十歲出頭。

王慶說，他經常陪同一些中年女子，到啟德機場接丈夫。他對當時的番客，比較熟悉。

我母親蔡烏願到機場去接丈夫的那一次，就是他單獨陪她去的。

「因為我去得多了，識得路，雖然年紀小，但大人都放心。」

時間已過去很久，當王慶告訴我有關父親來港探親的情況，所能記得的已經不多。

王慶說：「機場這麼一種地方，是離與合的地方，看到的、聽到的最多是笑聲和哭聲。因依依不捨而哭泣，因再見而擁抱歡笑。是很容易觸動情感的地方，是很自然的情感流露。但我到機場的接與送，只感到有點特別。照理，我年紀那麼小，又沒有甚麼人生經驗，應該看不出甚麼，感受不了甚麼，可見我當時看到的真的很特別。也可能是我當時看到了一些現象，並不是立即有了甚麼特別的感覺，而是在我現在告訴你時，是在我已有了自己的人生經驗，有了自己的感受，就感到有點特別。」

我說：「一對原本是很親密關係的夫婦，被迫分離了好長好長時間，情感反應是怎樣的，我真想知道我母親看見父親是怎樣的。」

王慶說：「很抱歉，時間已過去很久，能記憶的都很模糊。不過，我帶去機場接夫君的女子，再見時，都是他們處於人生最灰暗的時光，情感反應幾乎千般一律，情感都被完全束縛、封閉了。在我看來夫妻都有點淡漠，要流露怎樣的情感呢？不知所措。是不是可以說，久別的夫妻，情感都受點扭曲呢？」

在王慶的記憶裏，他接的番客好像都很相似，身影好像都重疊在一起。比如說，總是拉着一隻簡單行李箱，在華麗的機場就顯得寒酸。通常都顯出了病容。王慶說，這些番客的面貌，是他對人生最初的了解。人生是苦的，這個真理，他好像很早就認識了。

王慶說到這裏，又說：「我彷彿記起了你父親一個細微的動作，你父親見到老妻的一刻，微微晃動了一下身子，有可能是激動的緣故，恐怕也是因為雖然強自打起精神，也難隱他那副瘦削的身架所難以支撐的疲態。」

王慶說，你母親一見到他，叫了聲「幸有。」她一定覺得恍如隔世，眼淚就流下來了。

王慶說：「也不是所有番客都是潦倒的，做生意發達的也有。我曾經在機場看見一個來港的番客，表現自在得多，親人圍在身邊，有講有笑。從他的裝束和神態，都顯得不同。那個時候，我就相信，像我們住在板間房的基層的人，真的需要有錢，有了錢，整個人生就得以改善了。」

這是誰都知道的道理呀，僅僅說了出來，就舒服了很多。

父親這趟來，與其說是來跟妻子會面，毋寧說是來養病。即便如此，要不是因為來這座都市與妻子會面是他的一個不可推卸的責任，怕他也沒有這個來港養病的機會。這樣想也是很有道理的。

父親逗留的時間很短（當然這也是番客的普遍情況），就像在一個極嚴寒的夜晚，久別的夫妻一起躺在被窩裏，剛剛稍為溫暖一些，天就亮了，已到了該起床的時候。這樣的經歷雖然是短暫而且是極度痛苦，卻為一生一世留下了深刻的印記。

王慶感慨萬千地說，生於亂世，又是漂泊他方的小人物的遭遇，是活在盛世的人難以去想像的。也許，一般人也都不願意去記取這些很不堪的歲月。

王慶安慰我說：「關於你父親的有關細節，我也猶豫過，是不是有必要對你說呢？」

我說：「你肯對我說這些往事，我對你千謝萬謝，還來不及哩。」

我確實渴望知道更多有關父親的種種細節。

父親長年生活在親人的視野之外，親人對他總是近乎一無所知。可以想像的是，在異域生活了大半輩子的父親，已經無法割捨那片地方，即使已經一無所有，也不能輕易離開了，因為已呆了幾近一生，異邦已變成他的第二故鄉。

或許，真正的親人，已經沒有了原本親人的意義。

不能見面的親人，算是哪一種親人。

把視野拉闊一些，像我父母這樣的夫婦，也不僅是他們一對。世界上，應該很多很多。

6、宋若美 (1)・移民

我對外祖母蔡烏願，印象已很模糊。她年紀太大了，而我年紀又太小。我記得外婆好像曾對我露出慈祥的笑，要是真的這樣，也好像在夢中似的。

母親施秀美對外婆的憶述，勾起了我對外婆深深的懷念。外表看來是個很不起眼的老太婆，因為是我的至親，就變得很重要了，我更想知道她的一切。不過當我向母親提出有關外婆的問題，她總是說我像一個很有學問的人向她提問題，她自己也沒有經歷過，如何回答呢？

不過我的問題，的確很值得提出來，追尋外婆的過去。

我外婆有過怎樣的婚姻呢？

是甚麼原因，導致她長時間不能跟夫君見面，必須冒着生命危險，偷渡來香港跟外公會面。

那是不是浪漫感人的愛情故事，或是一對平凡夫妻的一個很平凡的哀傷故事？

有時，我和母親會想像我們都未曾去過的大地的傳奇故事，外婆就生活在那片大地上。

我們也不是純粹想像，也是有些事實根據的。

有些歷史事實，可以在網上搜尋得到。

在那片大地上，有無數小鄉村。其中不少可稱為僑鄉。

只要是被稱為僑鄉，那一定就意味着這個僑鄉，有不少鄉人飄洋過海，出去異域謀生的。由於出洋的傳統，很多少年，也會由大人帶着，出洋謀生。少年長大了，到了適婚年紀，按照傳統，回鄉娶妻。

一切都按照傳統，有個既定的生命軌跡。夫君既是這樣，妻子也是要按着夫君既定的生命軌跡。恐怕這也就是嫁雞隨雞，嫁狗隨狗這種説法的來源。

在那個貧窮年代，長輩對子女的這個安排，應該是出於一片苦心，倆口子的日子可以過得安穩些。

我外婆就是生長於那個時代的一個少女，嫁給了一位回鄉娶妻的男子。

也很可能有這樣的一種情況，外婆小時候就被養在家裏，叫做童養媳，長大了就成了在外謀生的男子的妻子。

不管事實是不是這樣，總之生活在鄉下的很多妻子，注定是要跟夫君分開生活的。

在正常的日子裏，太平盛世，男人會每隔一段時間回鄉探親。這「每隔一段時間」大概都會以年作為單位，畢竟回鄉一趟，實不容易。好景的話，謀生較容易，回鄉的次數或許會密些。

可憐外婆自年輕時，就生於亂世。外婆生於鄉間，對於外間的資訊全無。外婆對於出現在她生命中的種種阻滯，大概都會簡單地歸於命運的安排，不作其他考慮。命運安排她怎樣，她就怎樣了。

我搜尋簡單的史實，冷冰冰的資訊叫我揪心。如果沒有外婆生活於那個亂世，我怎會去找這些叫人心寒的史料？

就舉一個很簡單的例子。上個世紀四十年代初，外婆年華正茂，日本軍國主義者就在整個亞洲發生侵略戰爭，在南洋的男人，跟在家鄉的妻子，音訊斷絕，家鄉一家，只好靠自己掙扎求存了。

外婆如何生存下去？能夠依持的大概就是她的青春和家裏的幾塊薄田了。

音訊斷絕的歲月，應該是外婆生命史上最驚心動魄的一段，後人完全無法想像。那麼一段艱難無比的日子，就像被捲入超級龍捲風，任由摧毀一切。

不必親眼看到外婆怎樣被生活欺負、折磨，整個心都已經會很痛很痛。我們知道的只是，我們有個生命力極其堅韌的外婆。

亂世總是以戰火連年作為特徵，不必直接捲入戰火之中，已算好運。

很多極其珍貴的史實，例如外婆那一代經歷的那一段艱苦求存的日子，因為沒有人記載，也只好任由湮沒了。這是一件多麼叫人扼腕的事。

另外一件同樣叫我扼腕的事，就是外婆那一代很多婦女，怎麼會想到要來香港呢？可惜也沒有記載，這種極其珍貴的史實，也只好任由湮沒了。這大批女子後來都逗留到香港，成了勞工密集工業時期一股不可忽視的勞工大軍，誰敢説她們對香港經濟沒有作出貢獻！

我想像到的是，當時大概有個聰明人靈機一觸，想出了一個絕好主意。丈夫不能返鄉，但有個地方是可以去的，那就是當時的英國殖民地香港。

丈夫可能到香港，如果妻子也去，久別的夫妻不是可以重聚嗎？

聰明人的這個主意，改變了多少鄉間女子的命運。

當時，鄉間女子並不能以正常渠道，通過海關正式入境香港，要進入香港，只有一條路可走，那就是偷渡。

最初必然是有個女子，走了這一條路，結果偷渡成功來到香港，其他女子也循着同樣的偷渡路線來了。

大概僑鄉的人，都習慣於移民，都有歷險的基因。以前是男子，出洋就先要經歷驚濤駭浪的考驗。

現在輪到女子了。要跟丈夫會面，就得先歷險。

外婆就是偷渡隊裏的一個。

我可以想像，在漆黑得伸手不見五指的夜晚，攀越過崎嶇的山頭，然後藏在偷渡船的船艙裏，渡過黑海，生死未卜。在這種時候，一切又要交給命運了。

絕對是有樣學樣，既然有這麼一條路可走，外婆那一代的很多婦女，都冒着生命偷渡來港。絕對不能錯過。

我想像着當時的情況，就像僑鄉的傳統那樣，當初有人移民成功，其他鄉人也跟着去了。

現在輪到女子了。命運是怎麼回事？是在擺弄她們，還是在眷顧她們？

外婆是在上個世紀五十年代末偷渡來香港的，那個時候，一定有過一場偷渡潮。

隔了幾代，我身上也有移民的歷險基因嗎？

但我的境況已完全不同，我似乎自小時候起，就希望出洋留學，結果可說是夢幻成真。但我出洋留學，可以追求更好的前途，卻沒有任何歷險的意味。

是外婆和母親為我創造了良好條件。

沒有外婆，我的感恩之心就不會那麼強烈。

7、宋若美 (2)・喜鵲

有一晚，我跟母親閒談，母親笑着說，若美，你想不到吧，你外婆也會講故事給我聽哩。

「是童話故事嗎？」

一個叫做「喜鵲報喜」的故事。她時常以滿臉的笑容來說這個故事，就像講的是一個喜劇。

母親說：「你外婆太喜歡講這個故事了，每一次講都用同一種口吻，一種愉悅的口吻，對她自己講的故事內容充滿了熱愛。這是不是卑微而善良的人（如你外婆這樣的人）一種微妙的心態呢？雖然我得不到，但別人得到了，也會感到羡慕，才會有愉悅的表情。或者你外婆已把故事裏的內容當是一種憧憬，相信總有一天總能實現。」

母親說：「我聽了後，心裏常常有點疑惑，在母親內心深處，到底是悲觀佔上風，還是樂觀佔上風？在日常生活裏，我看到最多的是母親愁苦的臉，看到的笑臉很少。所以當我看到母親以滿臉笑容來講這個故事，是感到迷惑。我只願相信，母親能夠露出笑容，是她的內心深處，有很堅韌生命力。她的生命沉到了最低處，仍有這股力量在支撐着她。」

故事很複雜嗎？其實很簡單，只不過是幾句話，就說完了，所以你外婆才會講了一次又一次。講的時候總是她較為輕鬆的時候，好像終於可以坐下來，透一口氣來的時候。說個故事，也當作是說給自己聽。

故事可以分成兩段，你外婆雖然都是保持笑容，但在講這兩節故事之間，笑容確實有了微妙變化。

你外婆會說：「喜鵲飛來人間報喜了，傳達上天的一個信息，允許人間一日梳三妝，三日吃一頓。」這是故事的第一節。

你外婆說到這裏，通常會眼睛一亮，這是很叫我驚訝的時候，你外婆也可以有這麼亮的眼睛。你外婆的一切表情都顯得特別愉悅。

「一日梳三妝，三日吃一頓哦！」真的是很愉悅的口吻，你外婆開始笑逐顏開，眉毛都有點彎了起來了。「喜鵲太好了，帶來了上天的意旨，從此人間就變成了樂園，可以過上理想的生活了。」這應該就是你外婆夢寐以求的事！光想一想也有點滿足感。

母親說：「你外婆說到故事的第二節，稍稍緩了口氣，還是露着笑容，毫無怨怪的意思。可惜這隻喜鵲記性很差，報錯了喜，變成了人間要一天吃三頓，三日才梳一妝，人間的生活完全變了。」

這就是人間最真實的寫照了。捱盡了「吃了這一餐，顧不了下一餐」的母親，多麼希望喜鵲報對喜呀。三日才吃一頓，輕鬆得多了。張羅一日三餐多麼不容易呀，忙得蓬頭垢面，再也沒有時間扮靚了，就是三天也難得梳上一妝。

生於貧窮年代，當外婆聽了這個故事，並且知道故事意義的時候，外婆的心靈是會很有感受的吧，上天對人間是好的，只不過是喜鵲報錯了喜而已。以這樣的方式來認識人生，日子是不是就會好過了些?都是命運使然。

聽了母親講這個故事，再回顧外婆的一生，真有種無限滄桑和無奈的感覺。

現在的人，何止一日梳三妝，隨時都要補妝的。

至於三日才吃一頓，才不哩!重要的人，可能一晚就要赴好幾個豪宴。

真是無限感慨!

當我這樣想的時候，心都有點憂鬱起來。

第二幕

8、施秀美(6)·居住

雖說都是屬於老生常談，但我總覺得，有兩件事，我非談不可。一個人到了陌生地方，是一定要先找到一個棲身之所。人們常說的，一個落腳處。社會普通貧窮的年代，居住環境必然是會很差的。居住在擠迫的板間房，是普羅大眾基本的居住方式。上個世紀五十年代固然如此，到了六十年代，依然沒改變。一個社會發展停滯，就會有這樣的情況。

但香港的經濟，不久就要起飛了。

香港經濟起飛，這座城市成為東方之珠，亞洲國際都會這些美譽，對像我母親一代移居來這裏的女子，都很重要。在我的腦海裏，「命運」這兩個字佔了很大空間，所以這個時候我又立即想起來了，經濟起飛，對這批女子的命運，也產生很大影響。當然，這是以後的事了，要是有機會再登台憶述。

從我稍為懂事起，記憶裏，我們母女經常搬家，居無定所。無論搬到哪裏，住的都是板間房，而且無論住到哪裏，同一居所裏的總有女子。

如果我只是簡單這樣説，而不加多一點解釋，聽到的人大概都會覺得好笑。同一居所裏的總有女子，這樣的話還值得説嗎？哪裏不是這樣？

我大概可以這樣補充説，這些女子，年紀跟我母親相仿，鄉音未改，單身的多，常常喜歡兩、三個單身女子合租一間板間房。這樣生活負擔就輕得多。

後來我就知道，母親喜歡選擇這樣的地方居住。

情況應當是這樣吧：最初我們租住的地方，沒有幾個這樣的單身女子，搬了幾次後，這樣的單身女子就多了起來了。最後一次我們搬家，來到的居所，照我的記憶，住的幾乎都是這樣的單身女子。

自此，我母親好像不再想到要去搬家了。有一段時期，我們母女的居所安定得多了，母親喜歡跟這些單身女子居住，感到有種安全感。

不僅我們母女居所的情況是這樣，我可以肯定，我們周圍大樓裏的很多居住單位裏，都有類似情況。

這些單身女子，是甚麼人？

難道忘記了嗎？不可能只有我母親偷渡來到香港，在那個時期，也有不少女子偷渡到了香港。母親偷渡來到香港，就跟她們結下了不解之緣。母親在她們之中，也可以找到姓名裏有個

「烏」字的人。她們都感到命運是相同的，她們都願意相聚在一起。

我覺得我們不妨在腦海裏浮現這麼一個場景，對於了解她們第一次踏足在香港時的情懷，很有幫助。

背景是二十世紀五十年代尾的一個黃昏。死裏逃生猶有餘悸，剛踏足繁華大都市的女子們，從電車下來，都是一身寒愴的衣着，站在車水馬龍的街頭，一副驚慌失措的、不知如何過馬路的無助樣子。當時她們的心境是如何呢？初到貴境，一切都是未知數，人生要從新開始了，路應當怎麼走呢？眼前就是一條兵荒馬亂一般的馬路，如何過？

心裏可以攀附的，最可能來打救的，應該是久別的丈夫。

妻子不惜冒險偷渡來到人生路不熟的香港，丈夫都會急不及待，來香港與妻子會面嗎？我的母親一定也是一樣，大概是某個親戚，帶着剛從蛇頭那裏贖回來的母親，站在車水馬龍的街頭，一副驚慌失措的、不知如何過馬路的無助樣子。

徬徨的心是需要安頓的，這樣一種聚居的情況，很自然地發展了出來，經過輾轉介紹，一個大單位裏的幾個板間房，往往住的都是這些來港與夫會面的女子。

前所未有的生活方式，就這樣展現在她們眼前。以前，她們是散居在農村大地上無數個小村落。如果她們不來這座都市，一生都無緣結識。可以說，不可捉摸卻又相同的命運讓她們聚在一起來了，比佛祖顯靈都要神奇。她們的相聚，也讓她們凝聚成一股力量，至少有了種互相支撐的安慰感。由此產生的微妙感覺只能意會，而難以言傳。

這是超越了人們常說的所謂緣份了。

聚在一起的女子都覺得這樣的聚居方式，讓她們得到好處。這些好處對於那些還沒有跟丈夫會面的女子，有可能是無價寶。

譬如，其中有個女子接到了丈夫的家書，她當然無可能把內容公佈，但是其他同居女子，憑着女性的敏感，從這名接到家書的女子的眉宇間，都可以猜測到一點喜或憂，產生的效果就是，像自己接到了丈夫的家書，知道丈夫僑居的地方沒有甚麼大災難，尚算平安。

女子們聚在一起，雖然得到了不算是自己的訊息，感覺上卻真的很良好，感到比起在鄉間，跟丈夫的距離，真的近了。

她們有了更大自信，自己也會接到自己的家書，然而，丈夫也會來香港跟自己會面。

9、施秀美 (7)・儀式

我母親那一代生活在一起的女子，來香港的第一件要事，當然就是跟久別的夫君會面。這是大家都知道的事，原是不必我多嘴的。

但要是我說，單位裏的某個女子接到丈夫家書，說是他在某月某日就要來香港會面了，同屋的另外女子若果不也跟着動了起來，合作無間，會面就不會那麼完美，你又會怎麼想，你們又會說我在胡說八道嗎？

我當然不可能親身經歷這樣的場面。但千真萬確，同居女子都參與了集體行動，很像是在參加一個儀式，很莊嚴。這種儀式不是特意設計，卻是自然而然而生。

我會認為這是一種已難想像的生活方式，一種很特殊的生活場面，現在已難得一見。

現代婚姻當然有自己的儀式，隆重得多，伴郎伴娘呀，婚宴上把自己當成了主角，上台感謝父母的養育，一大堆的。

我母親那一代女子，丈夫要來港會面了，當然也是很隆重的事。有點兒像是再次籌備婚禮，同樣需要很多人幫忙一樣。

我應當這樣說，從這些女子的一生來看，歷盡艱難，好不容易跟夫君會面，是一件極重要的事，是畢生難忘的事，從我母親身上，已可以看到這一點。說會夫這件事很隆重，應該說得去。但進行時卻很低調，只能在自己的居所，在同居女子的幫助下進行。

當時，作為一個丈夫即將來港跟她會面的妻子，通常會面對兩個選擇，一是出去另外租個小房間來居住。要不然，一起生活在同一個單位裏的女人，再怎樣擠迫，都會設法空出其中一間房間來，讓這對久別的夫婦獨處，度過人生裏的第二個蜜月。

妻子通常都會作出第二個選擇。再怎麼考慮，都是第二個選擇最好。就是出去另外租，也只能租個小房間，但生活環境卻完全陌生了。

當然，財力允許的話，租個單位自住是理想不過的了，有誰不會這樣想？但有這樣的財力，也不會住到這樣的板間房了。

另一方面，女人們都知道，再怎樣擠迫，時間都會是短暫的。因為任何這類夫妻，他們的相聚時間都只能是很短暫的。這是女人們的共同傷痛，因而對別人的處境就特別能夠體諒，願意幫忙，當自己的丈夫來港，她們也樂意幫忙吧。

我母親也是經歷了這麼一個過程。

傳統而保守的女子，面對人生這樣的大事，內心當然充滿喜悅，外表卻會掩飾得密密實實，但到了需要張羅的時候，不得不張揚了起來。這種張揚，也是一份難得的喜悅，是難得的公開流露。

參與的女子，也是喜悅的，表面的理由是替人高興，成人之美。但實際上很大部分是自己的喜悅。那些還沒有跟丈夫會面的，就像進行了一場預演，體會那種心情，心裏有了更大把握。那些已跟夫君會面的，可以重溫，當時的情景，又好像歷歷在目，很可能喜悲參半。

妻子們的這種安排絕對是無意的，並沒有藏有甚麼機心，卻引來了意外的效果，就像高明的編劇，突然來了個神來之筆，讓劇本掀起了一個意外結局。這些女子，給人的感覺就像在合演一齣局外人想像不到的奇妙的一個人生。神來之筆就讓她們的演出更加奇妙了，更加巧妙突出了夫妻之間的一些真相。

劇情是這樣的，女子們的安排，讓一個南洋的男人，身不由己就進入了一個女人的世界，看到了她們的集體生活。

縱使只是幾個月的時間，也可以把她們的集體生活看得一清二楚。她們的集體生活，就是妻子的生活。

於是很多事情，跟着發生了。

10、施秀美（8）・相處之道

我又得搬出王慶這個人出來了。他十歲少年時候，也是跟着母親住在板間房，正如我跟着母親住在板間房一樣，居住單位裏頭也有很多女子。他看見過番客來港會妻的情況。

王慶説，很多番客來到這座陌生都市，發現自己突然之間，身陷入女子堆中，生活的地方很狹窄。這樣的生活（儘管短暫），讓他感到很不自在，最要命的在於，大部分情況下，很難堪。這些中年婦女，日常生活中當然盡量迴避這名稀客，番客呢，事無大小，也都盡量留在小房間裏。但畢竟，一個不到千來呎的單位間隔成好多間板間房，住了這麼多女人，影子就無處不在。

即使只生活了幾個月，女子們那種清苦簡樸得無可再清苦簡樸的日子，番客都看得一清二楚。女子們居住的環境，不正是現在自己正在親歷的?稱得上惡劣。至於穿的，吃的，都一目了然。

吃，是最基本的生活要求，因而也就最能夠反映她們過日子的水平。番客都親眼看到了。平時，白天，婦女們都返工廠去了，午飯都帶到工廠去吃。晚飯，也時常不能在家裏吃，因為要加班。

只要是上班的日子，天未亮，廚房就熱鬧起來了。因為休息得多，通常淩晨就醒來的番客，逐漸熟悉了這種聲音。女子們為自己煮早餐，要帶回工廠做午餐的飯，要是早就知道要加班的，還要準備晚飯。好多女子同時擠在廚房，又是如此匆忙，能夠煮出甚麼來呢？連粗茶淡飯都說不上，只能說是充飢。生活水平比起自己來，差得多。

一個大男人，看見陌生的女子，包括自己的妻子過着這樣的生活，都只能是無言，都只能有一種無法說得清楚的痛苦，再怎樣，都會明白，這樣過日子，是很艱難的。然而不這樣過日子，還能怎樣過日子呢？

都知道自己有份責任，但這樣的責任一生都沒有履行。

作為勤勉慣了的妻子，只有在丈夫來會面期間，才會停工，休息幾個月。

用全部的心力，來照顧陌生的丈夫。

這又是很特別的日子。

生活質素好像在瞬間大大改善。

煮好餸，煲好湯，使出渾身解數，善待病中的丈夫，漸漸就變得像是照顧親生孩子。但可惜妻子缺少必要的健康飲食常識，在物質匱乏的鄉下生活慣了，慣性的思維，只知大魚大肉就是好，不考慮別的，全然沒有意識到，已年紀大的丈夫已經虛不受補，再好的餸和湯，也都吃喝不了多少。

妻子也太容易情緒化了，看到丈夫食欲不振，就會母性大發。想到他再過不久，就要再次離開，從此再也沒有機會照顧他，而以他這樣的身子，以後又會怎樣呢，女性普遍的多愁善感，只會換來心如刀割的擔心。

種種情緒化的擔心，神奇地化成老夫老妻之間一場又一場小小的爭吵。這樣的爭吵必須是悄無聲色的，當然，讓人知道是不可避免的，卻不能太張揚，本來要肆意發洩出來的情意，被抑壓住了，結果只能造成更大的痛苦。

千辛萬苦煮好的好餸好湯，丈夫最初也喝了好幾碗，逐漸的，吃不消了，幾乎是原封不動地留在鍋裏，女子的眼淚就流了下來了。

「你一生一世都不懂得領人家的情，你不知道人家的辛苦。」

這樣無頭無尾的話，會叫不細心的男人陷入迷惘，他不明白在甚麼地方得罪了她了。

最後明白了，就讓自己努力多吃一些。男人明白理性的養生之道，才對身體真正有益。但男人已沒有時間去解釋了，怕的是愈想解釋，對方又聽不明白，誤會就更大了。見過世面的男人也明白，善良的妻子，已不知道要把她那滿溢的情意怎樣表達出來，就把情意全都放在好湯裏了。你要是喝不下，女子的全部情意都全都落了空了。

男人知道必須盡量把妻子的情意都領下來，但一生的情意要在這短短的兩、三個月內領下來，也實在太濃烈了。

領情時的表情是要愉悅的，稍為臉露難色，又要招來怨懟了。

短短的幾個月，番客有時真的感到，確實捱不下去了。但他知道，這也算是對妻子的一種補償，凡是補償，大都是不會容易的。

一切都不容易言說。

但所有這些生活細節，你說是痛苦也好，在痛苦中還有點愉悅也好，都可以作為餘生的一種寄託了。妻子在努力做了這些之後，感到有點安心了，總算是做了自己應做的事情了。再無心肝的男人，想到妻子處處顯示出來的苦心，雖然在在都顯得不得法，卻足以讓他在無數個夜晚，輾轉反側。做男人的十分明白，在這個世界上，不會有人像妻子那樣對他那麼好了。而恰恰是這個人，是自己虧欠得最多的那個人。

雖是夫妻，卻注定了此生此世不能廝守。這是不是也算得上是人間悲劇？

就是因為如此，夫妻突然有了相見的機會，情感的互動，好像長久的分離而被扭曲了。

11、李芳紅(1)・原罪

我的閨密施秀美有一天對我説，你也是在我們的族群圈子裏長大的，有關番客來香港會妻的情況，多少都是會有所聽聞的。聽她這樣説，我想了想，確實有，而且印象很深刻。我本來是不想説這些久遠的事了，因為一提起，我總有一絲莫名的惆悵。

我總覺得，我們母親那一代的女子，是帶着「宿命」來到這個世界的，她們的命運都早已安排好了的。

她們的夫君來香港會面，則是帶着「原罪」。

他們在幾乎不容多轉幾下身子的狹窄空間，置身於一群女子當中，都會遇上她們一種幾乎是一律的特別眼神。

他們面臨了一個非常尷尬，難捱的難關了。

這樣的眼神，能讓番客一看，就知道它是由千言萬語轉化而成的。

這樣的眼神，不是由一個，而是由集體的傷痛凝聚而成，帶着深不可測的威力。

番客身邊的女人的眼眶，都裝着這樣的眼色，跟炮彈無異。女人的眼眶就是炮口，隨時準備向它所瞄中的目標，開炮。

任何番客都有可能成為被瞄中的目標。

正確地說，所有番客都是那個被詛咒的形象的化身。

這個形象太顯明了，早已深深地扎根在這些中年女子的內心深處。

如果某個番客被某個婦人如炮彈一般的眼神所瞄中，並不一定就表示這個番客和這個女人之間，有着甚麼密切的（譬如說夫妻的）直接關係。他只不過充當這位女人丈夫的化身。

這樣說，極可能叫不太熟悉內情的人聽了不明白。

除了眼神，還有聲音。有了聲音，就可以讓人較為容易明白。這樣說吧，要是某個番客很幸運，忽視了這種總是一閃即逝的眼神，也躲不過某些女子發出的聲音，通常是兩個女子之間的竊竊私語。

可能是從鄰房發出來的。板間房根本隔不了聲音。

女子之間說話的內容很簡單，只有一個主題，即使她們之間的交談含糊不清，只是猜一猜她們說得較清楚的一言半語，也就知道差不多的內容了。譬如說：「他有交番婆嗎?」這個「他」，就是他了。

「哪會沒交!」回答得這麼肯定，可以想像那樣一種咬牙切齒的樣子。是不是對他已搜集足夠的材料？都是這麼熱心搜集這方面的材料嗎？

要是這個「他」真的沒有交番婆，可能會感到迷惑，怎麼會議論到我頭上來呢？真相如何？交了還是沒交，已無關宏旨。「交番婆」這個話題，是所有中年女子心中的一根刺，任何番客出現在她們的視野裏，都會觸動了這根刺，一觸動了就會劇痛。殺錯良民是不可避免的。

後來，凡是番客，都明白了這個道理。

再有勇氣的番客，都不敢迎接這樣的眼神。況且，置身於這麼多的婦女之間，有種被包圍了起來的感覺，她們眾志成城，感覺四面都是高牆。

女子的竊竊私語，即使蘊含着再大的怨恨，也通常是一、二句，就戛然停止了，因為這裏面有個原因。

番客置身的環境是這樣狹窄，坐着的時候，可以容身的大概也就是床頭這樣的位置。他的姿態大多是瑟縮着，要是身型已呈現佝僂的樣子，在這個時候，彎腰曲背的模樣就更顯眼了。這樣的身姿，不言而喻，也是一種歷盡艱辛的身姿，這樣的姿勢一擺了出來，足夠阻止她們繼續竊竊私語下去了。

但這樣的竊竊私語仍然源源不絕，雖然一直都是短促的。

每個番客似乎都得接受至少一次這樣的道德審訊。

番客交番婆，似乎是一種普遍現象。久別得已很陌生的丈夫，在異域另組家庭，髮妻打聽到了，都會是一件很難受的事。

想起番客和番婆日日相處，他們的關係，比起髮妻當然更加親近了。這又是一件很叫人難堪的事。

丈夫在異域另組家庭，是因為好色，或是耐不住寂寞嗎？按番客的說法，都不是。要是好色，或是耐不住寂寞，那就逢場作慶，就把問題解決了，何必娶番婆把自己一生困住。

番客是有很大苦衷的。

原來，番客謀生的國家，長期以來就時不時掀起凶險的排華浪潮。最嚴厲的一次，是立法，規定做生意本土化。這就是說只有當地人，才能做生意。這個立法等於把番客趕絕了。就有人想出了妙計，嫁個老婆，讓她當老闆，華人就可以做生意了。

排華的說法，確實不是托詞，現在叫若美和芳雨上網查看這些血淚斑斑的歷史史實，仍是可以找到。華僑在外謀生，都有自己的辛酸史。

當然做這些華僑的妻子的，就更加辛酸了。

12、施秀美(9)・番客

我對番客的印象，是我很小的時候留下的，照推算，那應該是在父親逝世後的最初幾年。跟父親相識的番客來香港探親，總不會忘記來我們母女狹窄的房間慰問。

番客大概總是夏天才來，我記得，他們穿的服裝總是帶着濃郁的南洋特色，襯衫特別寬，幾乎可以聽到熱帶的風，從衫的下襬吹進身體裏去。有的番客身材瘦削，小商人的模樣，有的長得腦滿腸肥，像個大商家，膚色卻都一律是黝黑的。

番客坐在昏暗的板間房裏，展露出充滿了陽光的微笑。他們聽着母親話裏帶着的歎息，於是也陪着歎息，好像他們來探訪，正是要負起這樣的責任。

我想這些番客，聽到的不僅僅是我母親的歎息，而是還有很多其他母親的歎息。他們都深知這些女人的創傷有多大。他們深知，他們聽到的種種怨懟都是確確實實的，只是，都只能感到無奈。要是傷口很大，也永遠都得不到彌補了，只能歸咎於命運。

我八歲還不到，這些南洋番客已在我們母女的生活裏完全消失。這些番客，大概連聽別人怨懟的能力都沒有了。他們自己極可能已走完，或快走到了人生終點。

我依然記得，小小的我，坐在床角，呆呆地望着客人。到了我稍懂得點人情世故，就會為番客的溫馨人情而感動。他們自己大概也很不容易的呀！

母親的疼痛是我親眼看到的，而父親的疼痛，是透過來我家探訪的番客而覺察到的。

我父親施幸有卻沒有再來香港。他與母親會面離開後，音訊愈來愈少，最後連生活費也無法匯來了，母親蔡烏願不必丈夫解釋，也全然明白了是甚麼回事。母親再怎樣不懂想，也會明白，父親這次來，是要親身讓她看個清楚，他是處於何等境況，而他必須再到異域，也是不想拖累她的意思。是身不由己。

一個問題，無時無刻揪着我的心：在我還是很小很小，不能離開母親懷抱半步的日子，母親是怎樣把一個總是哭哭啼啼的嬰兒拉扯大了呢？

有一個我很想問問母親，卻永遠都不敢開口的問題，當我出世後，有沒有把喜訊告訴父親？父親有沒有回過家書，他有怎樣的感想？

應該沒有這樣的片言隻字留下來。即便有，目不識丁的母親，恐怕也沒有能力把這樣的家書留存下來。

或許，這樣的事情根本不是喜訊。母親懷孕怕是意外，不是想要孩子，這樣想來，母親懷着她時，怕已很徬徨，不是喜悅，而是愁苦。

我母親那一代女子，也許都有過憧憬，來到香港後，以後的目的地就是丈夫的謀生地。不論那是甚麼地方，能跟丈夫在一起的地方就是好地方。

但會面後，母親那一代女子親眼看到的殘酷現實，足以把所有美好的憧憬都摧毀掉。

我相信我父母的境況是典型例子，很多其他女子都有相似的情況。她們以後要走的都是同樣的人生路。

我母親把丈夫一大段她無從見得到的人生，在極濃縮的時間內，看得一清二楚了。不必種種的細節，只要一個事實就足夠了，父親真的是一無所有，連他的健康都沒有，耗損得慘不忍睹。細節當然是隨時可見：無時無刻出現的疲態，明顯的遲緩的動作……全是不動聲息的，卻都是叫人看了驚心動魄的。

不會忍心指點出來，甚至不忍心去細看，因為全都已挽救不了。

於是，一大批像母親這樣的女子，留在香港，扎下根來，度過她們的餘生。

新興的勞工密集工業造就了她們，給了她們一條生路。

更重要的是，她們在心理上有了微妙改變。

這些女子到工廠打工，日子過了下來，發現自己多了一份從未有過的信心。自己有能力掙錢養活自己，跟全然依賴丈夫過日子，所產生的心理變化，是相當強烈的，是影響了她們一生的很重要的心理變化。關於這一點，現在的人不會理解。

這些女子第一次發現，原來，自己有自力更生的能力，有自己的價值。這才是最重要的心理變化。

當然，掙錢養活自己，那是很艱難的日子了。那時候沒有最低工資的規定，勞工保障很差，僅僅為了生存下去，都要起早摸黑，她們天生勤奮，咬着牙根捱下去。不然，能夠靠誰呢？

那時候，處於困境中，她們有了自己的生活方式。過着一種族群圈子的日子。

我的閨密李芳紅，跟我一樣，自幼就在族群圈子裏成長，我真想讓她來講講族群圈子的事情。

13、李芳紅 (2)・族群圈子

從我稍為懂事開始，就知道，我的生活環境，跟主流社會有明顯隔膜。我母親生活在族群圈子裏。

長大後，我已很能體諒到，這是唯一適合母親的生活方式，只有這種生活方式，才能活得更自在、安心。

不只是母親一個人才這樣呀！上個世紀五、六十年代，當秀美母親和我母親那一代婦女「前仆後繼」移居到香港，不知不覺間，大大擴大了這個早已存在的族群圈子。

不只是我能體諒，了解她們境況的人，大致上都能體諒。

對新環境不慣，會油然生出無依無靠的畏懼感；她們大多數人目不識丁，這樣的困境極大限制了她們的適應能力，融入能力和活動能力，注定她們必須緊緊地依賴着她們一來到香港就身處的那個狹窄的族群小圈子。像我母親，就終身都走不出去，生活範圍充其量只局限於居所附近的幾條街道。

說是族群圈子，並不是有形的，可以讓你觸摸得到，但只要你依賴了它，就無處不在地包圍了你，無時無刻地影響着你，支配着你的生活。

族群圈子到底有多大，沒有人能說出個所以然來。肯定的是這個族群圈子再小，也都是她們的家鄉了，包括了一切：言語、鄉親朋友、生活習慣，以及在其他地方不能嗅到的那麼點家鄉氣息，支撐着她們的精神家園。無形的，卻都是實實在在的無價之寶。

我完全明白，族群圈子對母親她們那一代的重要性。需要找工做的時候，依賴的是圈子裏同鄉的介紹，初來乍到驚魂未定就得到這樣的守望相助，它所帶來的溫暖，是一生一世都不會忘記的。

這些女子的日常生活，都在族群小圈子裏打轉，譬如說，那個菜檔好，那個商店好，那裏有甚麼好東西賣，那個攤檔才較容易找到烹調家鄉菜用的不可少的材料，都會像風一般的傳來傳去。這些攤檔也因為有這個無形的小圈子才能較容易存活。事實上，有生意頭腦的同鄉，也很快就經營起攤檔來了。

這樣的日子叫她們覺得很妥當，很踏實。她們共同感受到的無助、無奈以及一籌莫展的情緒，因為大家擁抱在一起，焦慮感得以舒緩，這種雖然幾乎無補於事，但確確實實感受到安心，令容易滿足現狀的這一代婦女更加安於現狀。但凡一個人感到自己的脆弱和無助，都會有自我保護的本能。族群小圈子的生活方式就是自我保護本能的體現，然而這樣的生活方式，又讓她們更難融入社會。

我記得，那時的殖民政府，時常搞些面對基層的娛樂活動，要是她們有興趣參與，是可以慢慢地融入社區的。自然，也可以擴闊眼界，認識整個社會。

例如，在維多利亞公園裏，時不時會搭起舞台，鑼鼓響起，就有歌星在台上載歌載舞。我記得有些在這些小舞台演出的無名歌星，後來大紅大紫，演唱會已移師紅館，門券是高價的。都市的繁榮，助了他們一臂之力。

也有某些社團，時不時搞些攤位遊戲，讓底層家庭的家長，帶着小孩子，排着長長的人龍，玩一、二個簡單的遊戲，贏取一點名副其實的，很微不足道的小禮物。這類活動，後來被發揚光大，只要有甚麼慶典節日，都有類似的攤位遊戲出現。

然而對於母親這一代婦女來說，無論是多麼熱鬧的場合，都遠離了她們的生活範圍，她們的目光、耳朵還遠遠抵達不了這些地方。

台上的一切，服飾、燈光、音響、歌舞昇平，都太光亮了，對於生活在陰暗角落裏的她們，太耀眼華麗，承受不了。

那個時候，我們已可以聽到很吵耳的打樁聲，打樁聲愈來愈頻密，這當然表示城市在發展。後來耳根果然清淨些了，但並不是説，都市不再發展了，而是又快又靜地發展着。這個時候的打樁技術有了驚人發展，不再發出嘈聲。

一座勢利的城市總是要以它的繁華外貌為榮。現代都市就是以高樓大廈作為她的外貌，這就像一個人的衣裝，追求的當然是愈高貴華麗愈好。

童年時期，會聽到收音機裏時不時傳來悦耳的女聲：「有樓萬事足，無租一身輕。」後來都市的一切發展，都證實了這是顛撲不破的勸世金科玉律，信了就永世無憂。

母親們對這些金科玉律無動於衷，因為那是另一個世界的語言，不是説給她們聽的。她們怎可以想像自己也可以置業呢？

那是一個多麼叫人懷念又叫人惆悵的年代。

她們永遠都沒有分享社會發展帶來財富的機會。這種機會是甚麼？她們當然沒有可能明白，買樓就可以分享社會發展帶來的巨大財富。退一萬步説，懂了，又怎樣？有這個能力嗎？

這個社會，需要一批窮人，充當廉價勞工，讓他們愈來愈窮，而且是跨代貧窮。

我們母女也可以充當典型，我繼承着母親的貧窮。

就是這座都市的發展，為這群為數不少的女子帶來謀生機會，不然怎辦呢？

然而世情終究殘酷。

她們被剝削得太慘了。幾十年來，她們默默工作，艱辛工作帶來周身病痛，年老力衰，悄無聲息消失。這就是這座繁榮大都市，不少人享盡榮華富貴背後，無人願意提及的悲歌。

14、施秀美(10)・母親的眼神

我母親到工廠打工了，就這樣，持續了二、三十年。我感到，母親要不是已找不到工做，還是會繼續打工下去。

我對母親最深刻的印象，是「忙」、「累」、「病」、「憂」，自我稍為懂事，就見慣了。要是我說，我腦海裏浮現母親最清晰的身影，是在黎明時分近乎漆黑中，剪影般的模糊身影，聽的人又會覺得莫名其妙了，最清晰身影就是這樣？

一個人腦海裏的影像，都帶着了情感。能夠留在一個人腦海裏的影像，情感極可能都很澎湃，像海洋一般澎湃洶湧，縱使經了歲月沖洗，都磨滅不了。

我最記得有一次，突然醒來，在惺忪睡眼中，眼睛張開了一下，隨即又合上了。真的很奇怪，在回憶裏，縱使當時周圍環境黑暗，卻可以把這個身影的臉部表情看得一清二楚。

感到母親臉上的肌肉一動也不動，一對滿是憂愁不安的眼神望着自己。我覺得在我醒來之前，她已望了我很久很久，即使後來我轉身，母親也一定一直在望着自己。自己就像塊磁石，吸引住母親。

當我有了自己的女兒，當我為了謀生而不得不離開女兒時，那種要花很大很大力氣掙扎，要離開去返工的經歷，讓我深深地體會了母親的心情了。當時只是想天荒地老地守着女兒，結果也只能是無奈地離開了。

母親的忙，用起早摸黑，最為貼切。

這是我對母親最原始的記憶。

母親天未亮就得起牀，給我和她自己做早、午餐。天還漆黑她就得匆匆忙忙出門趕去乘搭第一班到觀塘工廠區的渡輪。

要是那一天醒來，母親依然沒有返工，那就是大件事了。我已懂得擔心和害怕。母親一定是歪在床上，臉色蒼白。我已懂得緊張，哭問媽媽你怎樣了？母親即使病了，依然掙扎着起來為我做早餐。母親做好了早餐，又躺在被窩裏，痛苦得呻吟了起來。

為甚麼我說母親沒有返工是大件事？那是因為除非她病得自己都受不了了，是一定會返工的。母親堅韌的生命力很驚人，但也因此落下了病根。堅韌的生命力當然值得歌頌，但母親一生表現出的堅韌生命力，我不想胡亂歌頌，那是惡劣的社會環境逼出來的不人道現象。卑微的人哪裏改變得了社會環境，只得去遷就。惹來的病根到了晚年會成了社會的累贅，這樣的社會累贅可不輕，怎麼辦？就由病人自己負責好了。這就是慘淡的現實人生。

直到現在，我依然感到害怕。那時，我們處於很危險境況。要是母親真的捱不住而病逝了，那我怎麼辦呢？這樣的悲劇人間不斷上演。大概母親比起我還要擔心。只要想起她生病時望着我的眼神，我就愈來愈明白一個母親的憂愁。

我們真是相依為命呀！失去了哪一個，對對方都是致命的。

母親病倒，躺在被窩裏，很痛苦，但我們也才有了相聚的片刻。那是我們母女不尋常的日子。

其他尋常日子，見到的只是母親日出日入。我對母親的辛勞所知不多，因為沒有機會親眼看到。

有一次，母親帶我去她工作所在的工廠。大概因為電梯壞了，下樓的時候，要走一條沒有照明的樓梯，僅靠氣窗透進來的微光。正好是回南天，梯間濕漉漉的。地面很滑，人都站不穩，母女手拉着手，身體還是左搖右晃，隨時一個不小心，失了平衡，就會滾下梯級。幾經掙扎，總算下得樓來。

我問母親：「樓梯這麼滑，又這麼暗，要是一有甚麼意外，很多人爭先恐後逃生，擠在一起，怎麼辦呢？」

母親聽了這話，不覺一呆。後來母親就説，哪裏會有這樣的事呢？靠的都是僥倖。

我們母女，也有快樂的時光嗎？

有一個影像，也常留到我的腦海裏，讓我對母親的懷念，變得永遠。那是很甜蜜的記憶。那是我的生日，一大早起床，就會看見母親已為我煮好了一碗米線。米線上有兩隻雞蛋、冬菇和各種海鮮，是母親為我帶來的最具家鄉風味的食物。後來，到了生日，我對這一碗米線就很期盼了。

「生日快樂」。

生日是應該，而且是必然快樂的，但我相信，母親每年為我準備一碗生日米線時，心裏一定滿溢着真正的喜悦。因為每一次母親為我煮米線，都意味着我在不斷地成長、茁壯，也意味着母親的負擔在減少。

的確，我很懷念這碗米線，母親逝世後，我再也吃不到了。

為甚麼我從來都沒有想過要為母親慶祝生日呢？至少帶母親去酒樓飲茶。我一想起對自己的提出的這個問題，都有種莫名的黯然的感覺。

第三幕

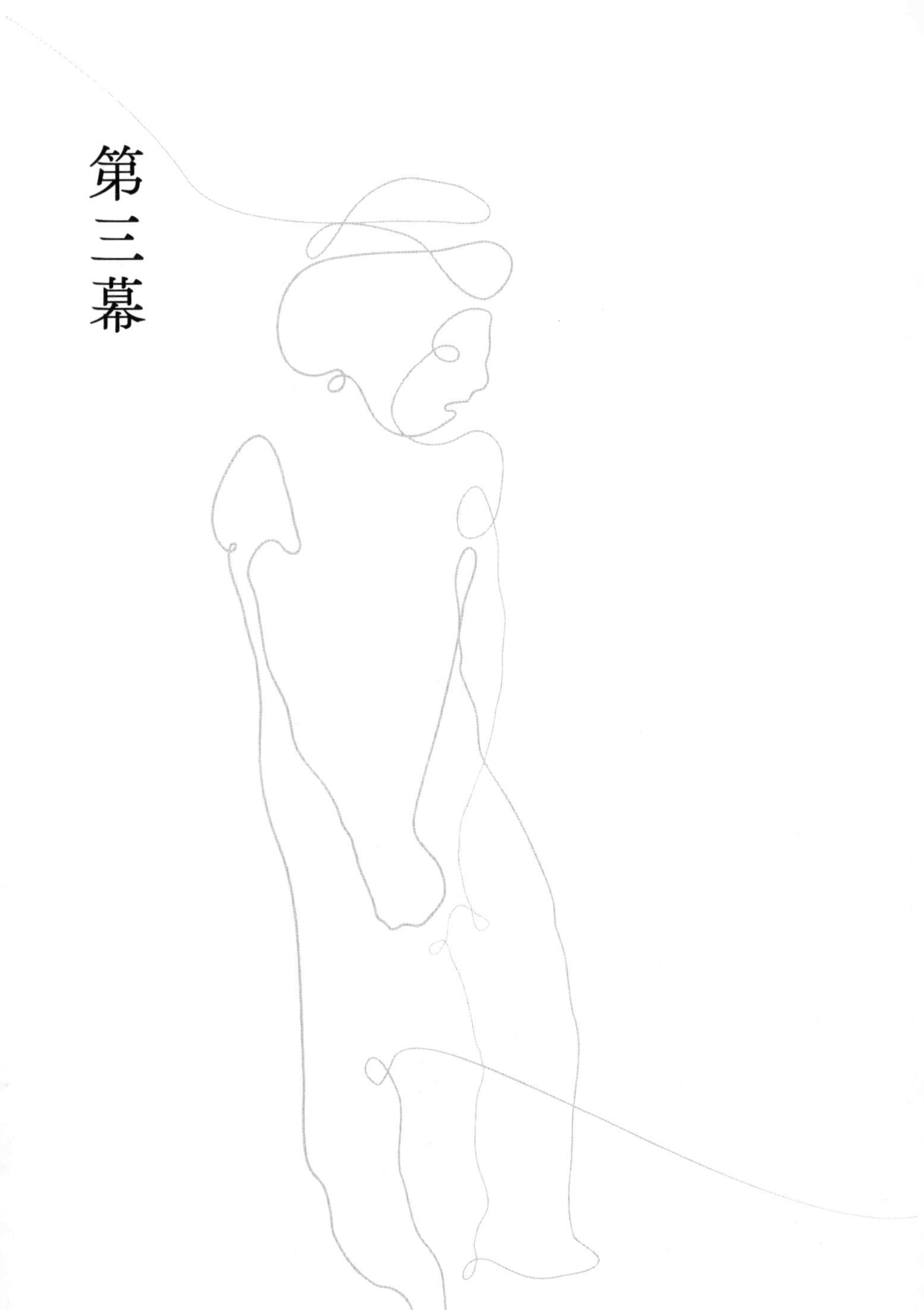

15、陳芳雨(1)・春秧街

我自動請纓，說我可以首次登台了。

外婆笑着問我，我們憶述家族簡史，還沒有到你那一部分，怎樣就那麼急着要登台？

我說，就因為曾外婆呀！

我說，曾外婆那一代，除了固定了的返工路線外，都走不出族群圈子的範圍，日常生活都離不開附近的幾條街道，其中一條必然是春秧街，是曾外婆出入最多的地方，幾乎每天都要來買餸。因為有了曾外婆，春秧街已可以成為我們家族簡史裏重要一員。

外婆聽了我這麼說，笑着點了點頭，似乎覺得很有道理。

我就說得更起勁了。

在曾外婆那個年代，意義尤其重大，初來乍到，春秧街讓她們找到依靠，不僅因為這個市街有她們每天都需要的食物，在精神上就是我們族群小圈子的黃河，長江，比起維多利亞海港不知要親上多少萬倍。有了這條街，整個族群才有了依傍，多少人家才得以一代又一代繁衍而且旺興起來。

遙想二十世紀五十年代的某個日子，曾外婆蔡烏願來到這個城市落腳的地方，可以不認識近在咫尺的維多利亞海港，春秧街卻是斷斷不可沒有的，只那街名，就已是彌漫着濃郁的農村氣息，也許曾讓曾外婆感到，只不過是從一個農村，移居到另一個農村。這樣想就能安心很多。「春秧街」，一定給了曾外婆到很親切的感覺，春秧，多美麗的名字，到處都可以遇到同鄉人。

我對春秧街這一條街，有一份特殊的感情，也許就因為，這一條街已融入了我們家族很多感情。

如果說，瑣瑣碎碎才是最真實的人生，這一條街就是芸芸眾生真真正正人生表演的場景，人生百態在這裏都可以見識到的。

我最喜歡那些小風景，很平常的，都很值得回味，芸芸眾生活動其中，注定了這一條街是最有人間煙火味的。

春秧街濃郁的世俗畫面很動人，最平凡的事物都有牽人心魄的魅力。人多，車多容或別處也不遑多讓，它的特色卻真的很獨特。

我曾經對若美說：「我每次來到這條街市，就有個有趣想法，我曾踏過曾外婆蔡烏願留下的腳印嗎？要是看到一個老邁的婦女，我也會聯想，當年的曾外婆，也是這個樣子的嗎？」

電車行走在春秧街上，就有了特別的步姿。人走在車軌上，等到聽到背後傳來的叮叮聲，才慢條斯理讓路出來，讓出來的路也不是很多，電車行走就得特別小心，甚至有種提心吊膽的樣子。

曾外婆曾經這樣走路吧。

外婆和母親也曾這樣跟電車並肩而行吧！

我記得有一晚，跟若美結伴，在昏暗的春秧街漫步。隔了一段時間，才會有一架電車駛了進來。姿勢有點悠然，好像在説，要到這個時候，才有這點悠閒。

我們一邊走着，暮色蒼茫的春秧街上，我突然看見一個瘦小老婦人，伸着雞爪一般的五指，握住一個高大、然而也已老態龍鍾的男人的手臂，向他叮嚀些甚麼，那個情真意切的模樣，讓人不禁要把時間推前幾十年，男人原是玉樹臨風，而女子則是小鳥依人。曾經有過的熱戀情侶的癡纏，把幾十年變成一瞬間，已轉化成另一種姿勢，另一種情懷了。但同樣動人，那是一起走過了無數風雨路，終於來到的黃昏愛。

此刻，一架電車正拐彎，轉進春秧街，老婦人把男子的手臂抓得更緊了，提醒他，電車來了。電車過後，她的手依然搭在他的臂彎，踽踽而行，數不盡的歲月，就流逝在其中。一生一世，互相扶持而行，其中由無數體貼而知心的小動作組合而成，構成了雖艱難卻又美滿的人生，化為暮色裏的一個動人剪影，是確確實實出現在春秧街頭上的。

但是，這不是曾外婆施鳥願的化身。曾外婆終其一生只有孤獨的身影，永遠沒有伴侶在身邊，如果有哪個攝影者捕捉她的身影，也只不過是個無限孤寂的影像了。

這就是叫人傷感的情景。

是不是因為我是家族裏最新一代，無法想像曾外婆那一代女子艱難重重的一生，所以就把街上偶遇的一對老夫婦的一生想像得那麼美麗！一對夫婦一生的愛情，真的可以這麼美麗嗎？

不過，我也見過另一個老婆婆。

一個下午，一個步履蹣跚、皺紋滿臉、因骨質疏鬆而嚴重駝背的老婆婆，手拖着一個三、四歲小女孩，走過春秧街。一老一幼的腳步都是同樣小小的。只有在這條家鄉般的街道上，才能像在家裏一樣，走得那麼熟絡、自信和自在。我立即明白，這是一位曾祖母在照顧自己的曾孫女，她們也必然是來自一個依然在胼手胝足過日子的家庭，幾代人擠在狹窄的地方，還沒有脫貧。

生生息息，像一條長河。

春秧街確實很像我們族群圈子的長江、黃河。

16、陳芳雨 (2)．市井味

我每次來到春秧街，總有種「慎終追遠」的感覺，但「慎終追遠」最深刻的內涵是甚麼，我其實是不甚了了。

我只是想，在繁華都市，有一條古老的街道，就像一處先人居住過的名勝古蹟，值得後人去參訪。春秧街就是這麼一條街。最可貴的是，它不是探幽之地，依然是個活生生的生活現場，到了這裏不僅僅可以看到先人曾經怎樣生活過，自己仍可以生活其中，多奇妙的事！

因為依然活躍着各色人等，春秧街有很多動人故事。他們都平凡，但平凡有平凡的動人處。

這就是我時常來春秧街的緣故。

每天薄暮時分，在春秧街頭那幾張安置於天橋傍的木長凳，經濟不景或屢次疫魔肆虐時，就會有徬徨失業漢聚在一起，互通找生路的消息。

尋常日子，則是神情悠閒的老人家聚在一起的多。「吹水」是老人家剩下的最大樂趣之一。

我對他們最感好奇，因為對他們最不了解。我有時也會刻意旁聽。

面對街上滿目的繁忙，他們可能憶起曾經有過的坎坷。可是對他們來說，一切都已事過境遷，無論是好是壞都變成了過眼雲煙。有了這樣的心境，他們就可以以飽滿的人生經驗，以另一種（主要是輕鬆的）心境，談論家國事；從一個話題跳到另一個話題，經常是混雜着談，也不知他們議論的，到底哪一件更重要了。有的事情叫人高興，也有的事情叫人傷透腦筋的。夏日晝長，夕陽餘暉鋪在他們身上，金黃色，跟他們的神色很相襯，同樣給人無限好的感覺。知足兩字，透過他們的一舉手一投足，向匆匆忙忙的芸芸眾生示範，人縱使有過怎樣的經歷，管它有甚麼滄桑事，都是可以返璞歸真的。退出了人生激烈的名利角逐場，神情間的悠閒卻又隨時能帶着一份議論時局時率真的激情，向大家説明作為都市人，沒有必要甚麼時候都往勢利方面想。

這不也是一種絕美的表現嗎？

春秧街跟他們有着怎樣的關係呢？應該是有一種別人不容易了解的感情聯繫，他們可能在這條街出沒幾十年了，不然，他們應該會去就在附近，環境優美得多的海濱公園去坐坐，不説風光明媚，至少清新的空氣多了一些。

在他們談吐間亢奮的時候，早已忽視了路人有時投射過來的好奇目光，路人無法明白還有甚麼事可以叫他們這麼亢奮，還看不透人生嗎？忘記了自己已是社會邊緣人，無論甚麼事都早已跟他們無關了？

春秧街有個很大角色，是沒有可能漏掉的。

那就是貨車。

最繁忙時刻，各種運送乾貨、濕貨的貨車出出入入，可說是恆河沙數。跟車送貨工人為了在極短暫時間內上落貨，都有爭分奪秒的自覺，各自施展身手敏捷的本領。只有這樣顧及大眾的敏捷身手，才能來時快，去也快，才能在窄迫街市的種種忙亂中，仍有個秩序，其他車輛才能駛進來，迅速卸下物品，以及迅速離開，避免彼此陷入動彈不得的境地，電車也才不會被阻礙得太久。換句話說，大家的日子才都可以過得下去。

這是世故，也是人情，世故人情裏透露着體貼和溫馨。

然後到了入夜時分，清潔公司沖洗街道的洗街車駛過來時，春秧街也就到了沐浴，準備休息的時候。

外婆說，她經常看到一個清潔女工提着大水管，跟隨在大型洗街車後面，為勞累了一天的街道洗滌污垢。她腳蹬高筒水鞋，中年女性通常會有的偏肥身形，在她身上體現的卻是很健康的結實質感。她專注的神態和勤快的動作，每次外婆看到都油然生了感動的感覺。

街道的潔淨就是靠她們呀！

有次偶然看見她完成了工作後在附近地方吃飯，外婆不知怎的就楞在那裏，因為看見她吃飯時所流露的另一個神態。

暮色已經四合，她穿着藍色制服的身體，坐在春秧街街頭的長木椅上，手裏捧住保溫飯壺。工作已經告一段落，神態就都鬆弛了下來，單純得叫旁人看了她的這個神態都要忘憂。外婆最喜歡這種豁達的人。外婆聽見她在昏暗裏，以柔和的聲調跟工友談話，流露出一份體貼。

更叫外婆意料不到的是，第一次見到這位清潔女工到自己的粥麵店來，叫了一碗牛肉粥，簡直有一份難以言喻的驚喜，其實是感到一份榮幸。人的緣份有時真是件說不清的事，喜歡就是喜歡，外婆即時暗中吩咐宋平多加點料，並沒有具體想到自己這樣做是為了甚麼，或許是希望她較常來？

不，她沒有。有時，她兩個月才來一次。

外婆說，只要這位女工來時，我也好像品嚐到一種生活的美味。

這是一種怎樣的生活甜品呢？

有了這樣美好的人在我們身邊、坦誠、純樸、與世無爭，才能讓我們在這個緊繃的世界上，鬆了一口氣。

外婆能夠看到這樣美好的人來，就已是一種福氣。她們是那麼平凡，構成的生活畫面也是那麼平凡，但有了他們，這個世界才算是真的美麗。

凡是街市，作息都跟普通人一般，夜深了，才是酣睡的時候，天未光，又忙開了。

夜色濃了，街市寂寥了，各種垃圾和籮筐，堆積在街口，已有了小山丘的模樣，顯示一天裏這個街市的繁忙，是多麼驚心動魄。

這就是春秧街，一條我很喜歡的街。

17、施秀美 (11)・我的童年

唉！我的童年！

要是在工廠搏命謀生，已完全無暇顧及我的母親，知道我擅作主張，這樣過着我的童年，她一定會徬徨不知所措，抱頭痛哭。她要顧哪一頭呢？留在家裏照顧我，還是出門謀生？她只能顧一頭，而必然的選擇是出門謀生。

一個小女孩在街道上遊蕩，有着很多預期不到危險。但是在冥冥之中，有個守護神在保佑着我，守護神引導我在街上找到可以保護我的保姆。

不僅僅是我童年時的守護神，而是一生的守護神。我知道得很清楚，沒有守護神在身邊，我一生遇上的很多難關都很難度過。

每個人的一生要是都能拍成一部電影的話，那麼有關我的劇情，序幕一浮現，鏡頭應該是，一個瘦削的、矮小的、穿着短衫短褲的小女孩，走出大樓，走到街上。近鏡，一個眉清目秀的小女孩。雙眼大特寫，小女孩目光好奇、清澈而專注。再來一組鏡頭，獨個兒在大街小巷穿梭，昂着頭，看看這，看看那。

切換到另一個鏡頭。

這是我在街上第一次遇上的戲劇性事件，整件事是偶發的。週末下午，我看見一個中年女小販走鬼，推着木頭車拼命向前衝，因為不顧死活，衝勁太猛，木頭車上的貨品，有些掉到地上，女小販不敢停下來撿拾，顧不了了。

我看見她顧不了，貨品不能就這樣掉在地上呀！我突然心裏一動，鏡頭也就跟隨着我，小小的但是敏捷的身子，一路俯下身去，逐一把貨品撿拾起來。

我的裝束，原本就像個沒有家教的野孩子。好奇的途人以為這位不知從哪裏冒出來的孩子，要把所撿拾回來的據為己有，瞧她的樣子，就知道一定會這樣。劇情完全出乎她們的意料之外。我一面撿拾掉下來的貨物，一面拼命向女小販叫喊，大家就開始以有趣的目光看着我了。這個小孩子怎樣啦，跑得滿頭大汗，看來是要把拾到的貨物交給小販。

似乎有人高呼「加油」，氣氛變得不同了。披頭散髮的女小販匆匆地接過貨物，又慌張地推着木頭車走。鏡頭裏一定會顯示我昂起頭來，露出天真可愛的笑，好像打了一場大勝仗。這還只是序曲。

過了一段日子發生的另一幕，才是更刺激、更有趣。

這一回，小販管理隊沒有去追趕死命推着木頭車奔跑的女小販，卻把落在後面的我抓住了。小販管理隊員大叫，我們把你的女兒抓住了。正在狂奔的女小販停下步來，以一種近乎憂鬱的目光回望了一下，認出了我，又是這個小女孩。

我的腦子靈光一閃，大聲叫，「阿媽，唔好理我。」女小販看來不防有此一着，似乎在瞬間露出了驚訝的目光，又回過頭向前奔去。

鏡頭裏一定會有個慧黠的笑。

我的。

後來，小販管理隊才明白來龍去脈，問，為甚麼會叫女小販做阿媽。

「我叫她阿媽，你們就不會拼命追她了。因為你們已經抓到了她的女兒。」

「你為甚麼這麼捱義氣？」

「我以後也要做小販。」我很認真地說：「除了這條路，我沒有其他路好走了。」

「你這樣小就只想當個小販，會有甚麼前途？」

我當時確實已有個朦朧的想法，不要像母親那樣，終日在工廠工作。那麼，除了這條路，還有甚麼去路？

我在街道遊蕩初期，只能算是默片時代。

在街上眾多的小販中，為甚麼會選中這個女小販，刻意接近她？

比較年輕，比較清秀吧！感到她是較善良，較可親近的人。在這樣嘈雜，爭着搵食的環境裏，這位女小販顯出一種過份的優雅。她永遠都不會擠入最繁忙的地段，不會大喊大叫。當然她也會叫賣，聲音卻有種叫我很意外的驚訝，不似在叫賣，而似在唱歌，而且有種叫人很感親切的，母親般的笑容。

母親般的笑容是怎樣的，我也不大能夠說得上。見到的母親，臉上的愁容多。母親般的笑容多半是我想像出來的，因渴望而想像。

在中年女小販的臉上看到的，把我想像中的母親的笑容具體化了。女小販比起母親來，當然是年輕得多了，笑容也就亮麗得多。

做小販，少不免會被抓住的。這樣的命運只要是做了小販，憑誰都是難以逃脫的吧。

那個細雨綿綿的下午，我在場。

木頭車未被搬上大車之前，整個世界彷彿停頓了。披頭散髮的女小販幾乎是靜止不動，懷裏抱着一個小嬰兒。在那一刻，似乎只要有了這個小生命在手，甚麼都可以不顧，都可以遺棄。女小販目無表情，散髮把她的所有表情都遮蓋住了。而就在這個時候，嬰兒的啼哭聲突然響了起來，似在為不幸的母親打抱不平。

我看得呆了。當我也是嬰兒時，母親又是怎麼把我拉扯大了的呢？

我終於有勇氣向女小販走去，是因為她的木頭車上，原來帶着一個小嬰兒。是這個小嬰兒像一根線一樣，牽着我一步一步地走向女小販。

我親近女小販的方式，虧我想得到，是小孩子方式的。

我慢慢地走近堆滿了各式衣服的木頭車，也不跟女小販打招呼，只站在木頭車旁邊。女小販最初只是好奇地望了我一、二下。

女小販一邊叫賣，一邊照顧着小嬰兒的時候，那種慈愛的神情，深深地打動了我，也許可以說，我最初一段時間可以堅持逗留在女小販的木頭車旁邊，正是因為被那慈愛的眼神深深吸引住。

是我渴望的母愛眼神。

18、施秀美(12)・分離

那個週末人流很多。

很多女人圍在女小販的木頭車周圍。女小販真的忙透了。我的個頭剛比木頭車高出一點，我用童稚甜美的聲音幫着叫賣：「婆婆，姐姐，來買哦，好靚的衫仔褲仔哦。」

這是我的有聲電影時代的開始。有了對白，也開始有了較具意義的動作。

有個二十來歲姐姐看中了一件衵衫，看來急於付錢離開，女小販卻正忙得不可開交。我幫手拿了一個膠袋，裝了那件衫，並且收了錢。我早知道該收多少錢。

那是我跟女小販的第一次直接接觸，收了錢後，立即走了過去，說：「阿姨，賣衫的錢。」

女小販接了錢，並沒有說甚麼，只用目光默默交流。

我來時，看不到木頭車，就沿着街道一處一處的找，在隱蔽的地方找到了，雙方開始有顯而易見的喜悅，從發亮的眼睛流露出的笑意就可以知道，但還是沒有交談，之間的友誼卻在靜悄悄地加深了。

我們之間的親密關係愈來愈深化，人與人之間既然是以語言作為交流的主要橋樑，就會交談。

有一次，女小販拿着一件新衣，在我的身上比試，笑着說：「這件衫的款式和顏色都很襯你呀！」有種慈母的口吻。

我接了過來，試着穿在身上。這是難得的討好女小販的一個機會。那時，女小販的牙牙學語的小女兒，已開始學會叫媽媽了，我也很想叫她一聲媽媽。

把衫穿在身上，女小販拉扯着衫角、衫領，目光裏充滿了欣賞。這是一個母親遇上乖巧的女兒才會流露出的目光。

「就這樣穿着了。」女小販說。

聽了這麼說，我一時急得漲紅了臉。

「阿姨，謝謝你。不過我不能要。我媽媽會罵我，以為我從哪裏偷來的哩。我沒有這麼多錢買衫。」

「就說是阿姨送給你的，不就行了？」

「媽媽就會有更多問題要問了，哪個阿姨？你哪裏來的甚麼阿姨？她這樣不斷追問，我就應付不來了。我媽整日在工廠返工，對我已很不放心了，一有了甚麼惹她生疑的事，她就會睡不着了。」

女小販聽了，也就默然了，卻是伸手摸了摸我的頭髮，好像要把我摟入懷裏。她的手的力度，有這個意思。

我們已建立感情。

那個黃昏，美麗的夕照透過林立的高樓大廈的間隙落在街上，給人莫名的暖意。女小販把木頭車推到一個她經常存放的隱蔽角落，帶着我和拖着已三歲大的女兒，到一家食店。選定了位置，女小販問我想吃點甚麼。

環境是陌生的。這樣的地方，母親是不會帶我來的。對於母親來說，即使這樣一個充滿市井氣氛的平民世界也都距離她太遠了，母親的世界只有兩個，一是到工廠返工，一是回家。

以往，我對各種各樣的店鋪，最多只敢張望一下，從未想過要進去。

因而，進入店鋪，就是一個全新的環境了。

一走進粥麵店，只是發呆。

牆上張貼的菜單，種類多得令我眼花撩亂，就坐立不安了。

女小販看在眼裏，暗地裏歎息了一聲。可憐的女孩。她拿起枱上的菜單，就像會嚇怕我，盡量柔聲說：「讓我們叫些東西吃。」

我失去了在街上的老練。女小販看出來了，說：「要不叫碗及第粥，或是牛肉粥？」

「及第粥。」我低聲地說。

「也叫些其他食物，炸兩，或是叉燒腸粉，你自己看看。」女小販把菜單拿到我跟前。

「叉燒腸粉。」

很普通的食物，我吃了及第粥和叉燒腸粉後，卻記住了一生。

從茶餐廳出來時，陽光已消失了。三個人呆立於愈來愈重的暮色裏，好像這暮色是突然而至，有種失血的狀態，讓我們很不習慣。女小販突然蹲下來，把她的女兒和我，一手一個地擁入懷裏，好久好久，放開我時，女小販昂起頭來，我只見她的眼睛濕了。

女小販哽咽着說：「我的女兒長大後，要是像你一樣，多好呀！」

我當然不懂得怎樣回答，後來我有過無數次後悔，為甚麼當時不懂得回答：「她當然會比我好得多。」

翌日午後三時，我在慣常的地方沒有看見女小販，我就像往常那樣，沿街尋找她的蹤跡。心裏有點詫異，想着，這不是走鬼的時間呀！當我走遍了以前走過的所有地方，心裏的詫異就更強烈了。

在以後的幾天裏，我漸漸明白女小販不會在這個地區街上出現了。我當時還真的懂得想，她大概找到了更好的謀生方法了。

我祝福她！

19、施秀美(13)‧老闆娘

我跟女小販打交道的手法，啟發了我。

我想，我用女童的心計、天真、幼稚、膽量、還有點慧黠，與一家粥麵店的慈祥老闆娘打交道，還真很管用，我們竟能成了忘年交，結了深厚情緣，結識這位老闆娘，對我一生的影響很大。也許只有在我的童年的那個年代，我的方法才管用，這樣說來，我是很幸運的了。

這家粥麵店外貌特別不起眼，確實太平民化了，不過正因為這樣，我感到很親切，才肯接近。

店鋪幾乎沒有甚麼裝潢可言，店門連個玻璃門都沒有，打烊後，把大鐵閘往下一拉，一天的營業也就結束了。店鋪裏毫無章法地擺着枱子和椅子，最繁忙的時候，枱椅也都擺到店門外的行人道去了。

這間粥麵店是開放式的。要是像現在這樣，一律都是推開玻璃門才能進去，冷氣開放的茶餐廳，那裏有機會接近。

開放式粥麵店，平民化氣息就特別濃，價錢廉。

生意最好的時候，座上看上去都是穿着牛記笠記的食客，大聲講，大聲笑。雖是擠迫，食客神情看來卻是很悠然自在的。就是在別家食店很清閒的時候，這家粥麵店也總能維持幾個神態悠閒的顧客，也不像來此只為了吃一碗麵或一碗粥，來此打牙骹極可能是很重要的一項。他們的舉止都像呆在家裏一樣，悠閒地散坐在每個角落，研究馬經、波經。有時，也會交換一下心水。清閒時，只有一個企堂當值，得閒無事，也一起研究心水。

粥麵店店門外，特別安裝了一個玻璃櫃，是可以移動的，有輪子，收工後就推進店鋪裏去，算是侵佔了公共地方了，主要目標應是街外客，外賣的。裏面擺放着各種賣相很好的美食：鬆糕、油炸鬼、白饅頭、牛肉包、紅豆沙包，由一個阿嬸負責售賣。但當店裏忙不過來的時候，她還得去兼顧做企堂，寫單、收碗碟、收錢。

我覷準了一個討好阿嬸的機會。

阿嬸在店裏頭忙得不可開交，哪裏還顧得了外面的生意。

店外面已經有好幾個人在等着買白饅頭和牛肉包。

我趕緊上前，幫着售賣。跟了中年女小販這段時間裏，已培養了很好的做事能力，做事有條理，懂計數，當然，小孩子的記性也好。

這些都是在阿嬸毫無注意的情況下做的。要是被阿嬸及時注意到了，恐怕又是另外一種情況了。這個女童是怎麼回事？

就像所有成年人在遇上這樣的事情，都會有的反應，奇怪為甚麼這麼一個女孩子會跑來幫忙自己呢？

店裏的阿嬸忙了一輪，我也把顧客打發了，看見阿嬸空了下去，連忙把賣了多少，收了多少錢，都很有條理向阿嬸交代。

要是在別的情況下，結局會怎樣，是很難說。但這位阿嬸是舊式嬸嬸，她看見一個小女孩有條有理向她交代數目，雖然好奇，卻是開心地笑了起來，那種憐愛的目光，簡直就像看見自己的乖孫女，還慈祥地摸了摸我的頭，好像對我鼓勵似的。

這是我們的緣份。

舉止獲得老闆娘默許，習慣慢慢地也就變成了自然。

簡陋的粥麵店，原來是家庭式經營的，除了家人，僱用的也只有兩個企堂。阿嬸原來就是老闆娘。

逐漸熟稔了，熟客好奇，會問，你是哪家孩子的？我只笑不答。漸漸由店外幫到店內，勤快地收拾枱上的碗碟。老闆娘是擔着風險的。大概當時的僱用條例還不是執行得那麼嚴厲，不然，執法者告了老闆娘一條僱用未成年勞工的罪名，就大件事了。是否可以說，整個社會氣氛較為隨意輕鬆，人情味就會較為濃郁？特別例外的情況，就可以得到允許？

20、施秀美(14)・再次分離

我做事愈來愈老練，跟老板娘愈來愈合拍，愈來愈像老闆娘的家人。不知底裏的食客，就以為我是老闆娘的細女，剛從甚麼地方回來的。嘩，老闆娘，原來你會老蚌生珠。市井小人物，都是口無遮攔。

老闆娘也不解釋，就當是真的也不錯。

老闆娘要計人工，當然不能要，我說：「我媽媽會以為我從甚麼地方偷來的。」

老闆娘後來就請我吃店裏的東西。

「你愛吃甚麼就吃甚麼，你要是甚麼都不吃，我就不許你來了。」

我倒是不拒絕了。

慈祥的老闆娘讓我把店裏的所有食品都嚐遍了，像祖母孫女一般熟絡的時候，其中很多還是在比較空閒的時候，央着老闆娘煮給我吃。

過了一段時間，我還可以落廚。

老闆娘對我有點過份溺愛了，有些不該我做的事，都讓我做。是不是我顯出了天生的靈巧。

一些事情是不必諱言的。一個這樣的窮家孩子，飢渴慣了，哪裏不會貪吃的？張貼在牆壁上的叫人眼花撩亂而又動心的菜單，經了二、三年的時間，我已經不但熟悉，那些較為簡單的，要是讓我下廚，也可以似模似樣地弄出來。對於我以後的發展，這是一個很重要的時期。

我相信，要是老闆娘繼續把這間粥麵店經營下去，我也會繼續呆下去，甚至在不上學讀書後，就到粥麵店幫手。以我當時的見識，我在這裏找到了樂趣，就認定這是我可以安身立命的地方，慢慢地可以掌握基本手藝，做老闆娘得力助手。老闆娘喜歡我，哪裏有拒絕我的理由？跟老闆娘分離的形式是我想不到的，造成我們分離的社會環境因素，也不是我容易了解的。社會不論怎樣變動，都不會影響粥麵店的生存空間，但特大的環境變遷，卻會影響人的生活軌道。

有一天老闆娘說：「我們已把店鋪頂讓出去了，我們要移民外國了。」只張大了嘴，真正不解。

事前完全看不出有甚麼跡象。老闆娘說：「這不是我的主意，但一家人要移民，我也沒有辦法。這一次出國，我這麼大年紀，可能就在外地終老了，我們很難相見了。」

老闆娘說完了這幾句話，就像中年女小販那樣，把我摟在懷裏，親吻面頰，流下了眼淚。即使是母親，也不曾有過這樣親密的舉動，因為母親的情感很內斂。人與人之間的情感交流，就是會這樣動人心魄，我有點不知所措。但很快明白，這間我很依戀的粥麵店，要換老闆了。沒有了老闆娘，我也就不能像在家裏那樣，自由自在地出入了。

老闆娘的移民，讓我開始有點開竅。老闆娘一家的境況，比起我和母親相依為命的慘淡，簡直天淵之別，老闆娘的美好日子，是我無法想像的。平日相處在一起，一點兒也感覺不到，待到要分離了，這樣的感覺就非常強烈了。

我們的分別是，老闆娘可以離開這條街道，遠走我無法想像得到的地方。

我開始明白一個道理，生活是需要流動的，有了流動，就會變得更好。那個中年女小販的日子一定也會變得更好，因為她畢竟離開了這條街道，當然是找到了更好的生活方向。

而我們母女，能夠勉強度過一天又一天，就已經很好的了。

老闆娘一家移民後，粥麵店換了主人，依然經營着，但已經變成了另一副樣子。新老闆顯然很不喜歡它原有的簡陋陳舊，着實大事裝修了一番，門面光鮮得多了。顧客似乎也換了一批。

我每次經過，再也看不到那些悠閒地翹着二郎腿，啃着馬經的顧客。或許對於他們來説，裝修後的粥麵店已經失去了他們感到自在的氛圍。

他們也會感到失落嗎？

21、施秀美(15)·淑姨

我在街道遊蕩時遇上的女小販，以及老闆娘，一個像母親，一個像祖母，相處期間，都像給我上了人生的一課，引導了我以後會走的人生路。我走的路正是她們當時走的路，不知不覺之間，已教給了我謀生之道。正是因為最真實最平凡的人生，才最實用。

後來我遇上了淑姨，一個很低微的女小販。正是因為她的低微，對我的人生觀，又有另一方面的啟迪，同樣重要。

一個傍晚，我隨着放工的人流，去了一個未曾到過的地方，就在附近的碼頭區。

暮色已濃，街燈已亮了起來。燈影下滿街已是步履雜沓、身影模糊的行人，還有的從巴士、港鐵裏湧了出來，趕到碼頭區。有的衣著華麗，西裝革履，有的衣裝簡樸。

女小販淑姨就在這一帶謀生。早晨和黃昏人流多的時候，有點生意可做。

淑姨用一架小小的，顯得很輕便的木頭車。車上有個小小的爐火，販賣很尋常的美食，有魚蛋、牛百葉、紅腸和牛雜等等。

木頭車處於匆匆而過的人群裏，卻總也有人停了下來，買一串魚蛋或甚麼的，有的買了站着吃，像是暫且讓自己透透氣，有的則是買了後繼續匆匆上路。

很多終日勞碌奔波、要求不高的都市人都有這樣的需要，用一串魚蛋，幾塊牛雜，慰勞自己，給自己一點小小的獎勵，在通常是苦澀的人生路上，補充一點勇氣，一點力量。

淑姨給我啟示的，雖然只不過是尋常街頭上一個很小很小的生活畫面，給我的啟蒙，既是很微妙，又是很重要的，雄辯地說明了，一個人再沒有辦法，也可以有自己安身立命的方法，總是可以找到個地方。芸芸眾生裏，以自己的方法，攻佔一個位置，甚至是中心的位置。

衰老了的淑姨，從輪廓看來，年輕時大概也是個水靈靈的機敏少女，我見到她時，裏裏外外都已顯得很乾癟，就像一個嚴重缺少了水分的橙子，加上個子矮小，看上去整個人已很頹靡，只能說是長期以來風裏來雨裏去，為了生計，停不下來，就有了這樣的結果。

淑姨的眼神比其他小販更顯得驚慌不定，也許是慣性了吧！也有可能在這樣的地方，只有她一個人擺檔，沒有同行的照應，絕對勢孤力薄。雖然不是小販管理隊常到的地方，但也有可能突襲，一下子就出現在她身邊。時常保持高度戒備的心理，讓她變成了驚弓鳥。我後來就知道，除了管理隊，也會出現一些要收費的地頭蟲，滋擾着她。

淑姨的木頭車，更加形象化顯盡淑姨的閱歷。很多年前，木頭車也許是嶄新的。而現在，推了起來，就顯得搖搖晃晃，不大聽使的樣子。但是一個小小爐火，仍然可以燃燒出一股香辣味，在她周圍飄散開去。香辣味畢竟是叫人愉悅的。有些人的味蕾被觸動了，停下腳步，買一串牛雜，雖然通常花的也不過是幾塊錢，可對這位不知度過了多少年小販生涯，已步入暮年的女人，意義重大，是對她賴以謀生的這條生路表示支持，敬意。

一撥又一撥時疏時密的人流，到了她的木頭車擺放的位置，就像被剪開了一般，分開了，過了木頭車，又縫合了起來。在幾個回合這樣的一開一合中，幸運時，也能造成了幾單生意。她做生意的黃金時間，就在這個時段。

濃濃夜色裏，碼頭上的街燈不太照得到的地方，因為有了人流的簇擁，淑姨的寂寞就被映襯得很熱鬧。她的爐火，畢竟只是一點光亮，影影綽綽的，很模糊的照出了一個疲累女人的影子。但就在這樣的時候，她因為有生意可做，精神也煥發了，絕對不是裝出來的。

淑姨站在碼頭空地的生活的風風雨雨裏，很努力地掙取很微薄的幾塊錢時，是不是也會想到，畢竟也有人需要她的。她的攤檔，也是可以為別人，帶來點滴慰藉。

我站在一傍，時不時看得有點呆了。生命力看來太脆弱了，其實是極堅強的，人因此而生存了下來。

熙熙攘攘的各色人等，都是匆匆過客，我已模糊感到，不論是怎樣的人，都得穿和吃。穿和吃有很多層次。有的人吃和穿都很豪華，華麗，講究，有的人吃和穿卻很簡單、純樸。

一般人的基本日子，不是都離不了這兩樣東西嗎？

這啟發了我後來做的事情，都跟這兩樣東西有關。

淑姨不是可以靠近的人，要是刻意靠近她，她就會拒人千里。我雖是小女孩，已有這樣的直覺。所以，我從來沒有想過要像接近中年女小販那樣接近她。當然，淑姨的做生意方式，是沒有需要人家幫忙的。

這就奇了，我的直覺錯了嗎？一個做生意的人，卻可以給人拒人千里的感覺？怎樣做生意？

這是很微妙的事情。

也許是淑姨還有另一種姿態，讓人忽視了她拒人千里的姿態。

淑姨接待客人，有個小動作，謙卑的，每每把食物遞給客人，總是微微點了點頭，彎了彎腰，因為長期以來都是這樣，習慣成自然，毫不做作。在接觸的瞬間，客人只會感到她的那份殷勤。

我對淑姨感到好奇，對她的觀察就不是僅僅一瞬間，至少有較長時間，即使我只是個小女孩，都可以看出她的種種小動作，露出了驚恐來。她時常遊目四顧，似乎不幸的事情會隨時降臨。長期以來積累了多少被欺凌、被壓榨，才會有這樣的神態？後來以我自己的人生經驗，明白淑姨有多少辛酸、挫折，她自身難顧，任何不必要的接觸，她都避之則吉。人的一生，過得並不容易。

我從母親身上，從街上見到的人身上，年紀還小時已領悟到這一點。

22、施秀美 (16)・美食小店

我對街市愈熟悉，對開在尋常的街頭巷尾的各式小食店，就愈感到興趣。也許從我還小時候，已對這些規模小，經營容易的小食店，產生無限憧憬，我也可以做一個老闆仔，並非完全是夢。

極平凡的生活小景，落在我的眼裏，可以變成很有韻味的場景：夕照西斜時分，街角的轉彎處，有煎炸的濃香飄了過來，轉頭一望，有家新的小食店開張了。裏面有個中年漢，站在僅能容他一個人的店鋪裏，炸着蠔餅。幸好他身材乾瘦，不至於難以俯下身來或是轉個身去。

做了一個老闆仔的滿足感，化為他的勤奮，其實是世間一件最美好的事。

顧客不期然露出的期盼，同樣會引起我無限想像。

一個路過的人，向老闆仔買了兩個蠔餅，一路吃一路遠去。買蠔餅的人穿着粗衫粗褲，渾身都有泥巴和油漆的污跡。他在等待着小店鋪老闆把蠔餅遞到他手上的時候，臉上已流露了期待的神色。不僅僅是因為已近黃昏，他可能餓了，看得出，他的食慾被美食催化，可能比僅僅充飢還要大了一些，是要尋找一點生活樂趣。

賣者和買者，很明顯形成了一種互相需要，失去了對方，生活即使不出問題，像都有一點遺憾。這點關係，蘊含着溫馨，不着意去感受的話，就不存在。但大多數人，時不時都會去買幾個蛋撻，去吃一碗牛雜麵、及第粥，在潛意識裏，就是嚮往這種生活的美和溫馨。

生活的美和溫馨，隱含着誘惑力，可以緊纏着一個人的一生。

童年親身經歷的老闆娘粥麵店的變化，很小規模，對於我來説，已足夠震撼了。然而，粥麵店的變化，只不過是整個社會的縮影，整座城市也變得愈來愈變得像個大商場，追求的是富麗堂皇，五光十色。愈來愈着重的是華麗整潔。經濟也在不斷轉型，變化會帶動一切東西都發生變化，包括人們的生活方式。

對人們的生活方式影響最大的飲食業，更是顯注。

最常見的例子：日本拉麵、壽司店愈開愈多，快餐店集團化，分店遍地開花，完全迎合現代城市的生活節奏，經營者又是財雄勢大，完全領導飲食潮流。

我確實曾以為，像老闆娘經營的又古又舊的粥麵店會被淘汰掉，而它所有的又濃又厚的人情味也會被淘汰掉，但其實不是這樣。

其實不然。

不論社會怎麼轉型、現代化，各式各種小食店在街市仍可佔有一席，相安無事，以它們的老資格來對抗城市的日新月異。不但保持着它的老樣子，而且有的店鋪，因為要強調它的特色，重點宣傳它的牛腩湯麵是祖傳秘方製造的。這是一股很堅韌的民間力量，任何新生的，因轉型而出現的事物，都不是輕易就可以把它們摧毀的。人們喜歡的就是它們的不變，民間藏着強大的懷舊能力。

這些市井小店，很不起眼，太平凡了，但這也正是它們的優點，平凡最容易醞釀出一份親切感，體現出一份濃得化不開的溫馨，平凡得已完全融入了小市民的生活方式之中，再也不較易被取代。

我最了解，窮等人家在飲食方面付不出太多的金錢，平日三餐一定是粗茶淡飯，或者還不如，總有感到口淡淡的時候，要享受一下美味，就去幫襯這些市井小店。市井小店的食品在要求不高的市井小民口裏，是百吃不厭的，永遠都不講究改變，改變了，反而叫人若有所失。像蛋撻、牛雜、炸腸、炸煎三寶，都不是這類美食嗎!?

在最尋常、最市井的地方，總是有一大群雖然城市在變動，卻沒有跟着變動的條件，只能維持原本的生活方式的老街坊。他們與尋常小店鋪唇齒相依，有種相濡以沫的意味。

只有這些小店，才能為他們提供他們已習慣而且喜歡的風味。

它們都以堅韌、強旺的生命力，扎根在橫街陋巷裏。

尋常人家，在街上走着，眼見的就是茶餐廳、麵包店、燒味店、粥麵店、雜貨店、餅店、甜品店、牛腩店、豆漿豆品店，忍不住，就會走進去買點來試試。

我也是一樣。

我遇上的食肆散發出的種種誘惑力把我纏住了，最後成了我安身立命的地方，延續了我的餘生，我經營的粥麵店看來還會由我的長女繼承下去，也是一個緣份吧。也算得上是一份傳承。

不過，我初出社會，只能做小販。我沒有資本，如何經營小食店？

但經營小食店，已成了我心中最終目標。

那個時候，我的夢想是不是大了些？

第四幕

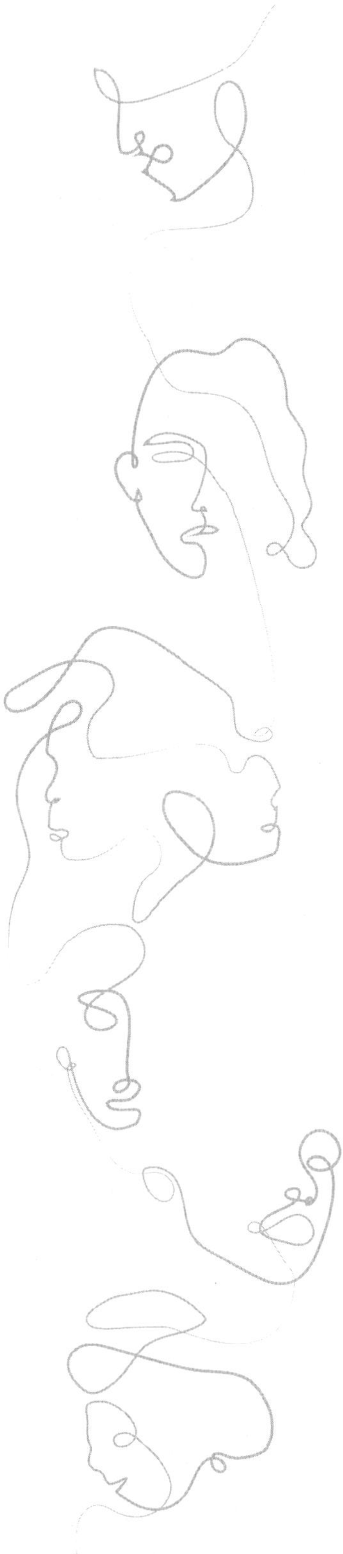

23、洪若秀（1）・風雨

我和母親的關係，到底是怎麼回事呢？

人們幾乎眾人一詞，你有這麼一個優秀的母親，是幾世才修得來的福氣，還不滿足嗎？

我啞口無言。

人們這樣說，已是定論。

要是我還有辯護的餘地，只能說，我有苦處。我並不是生來就性格孤僻古怪。母親一段錯誤婚姻，帶來了我這個所謂的「愛情」結晶。這個愛情結晶就變成了替罪羔羊。但我的這個說法有多大說服力？

要是你問我，一生中最深刻的印象是甚麼？

我一定會回答，是雨。滿天風雨。

唉！在我的記憶裏，總是有一陣又一陣的雨，淅淅瀝瀝的，連綿不絕，潤濕了我的靈魂。我曾經相信，這一生一世除了雨季，再也不會有甚麼其他季節了，再也走不出像網一般的雨陣。

我的生活裏，有太多風雨了，感覺上都是媽媽帶給我的。

小時候，還不大懂事的我會跟母親説起風雨的事。大了以後，知道風雨並不是甚麼好事，就不再提了。

人一生下來，就避不了風雨。我們會想到自然界的風雨，更影響人的，卻是人生路途上的種種風雨。自然界的風雨與人生道路上的風雨交集在一起，就構成了淒風苦雨了。我童年時，已有這樣的感覺。

嬰兒因還不知愁苦，感覺真的很不同，任何風雨都是喜雨。

我曾經向母親秀美提起小腦海裏浮現的一些如夢如幻的雨景，滿臉都是純真的欣喜。

我記得，我向母親描繪雨景時，母親肉緊地摟了我一下，笑了起來。

「你説的都是真實的，並非夢幻。你出世那一天，正下着一場傾盆大雨。直到你出院那天，雨還下個不停，真叫人無法説得清楚雨勢究竟有多大，在產房聽到的都是雨聲。護士説，贊育醫院附近傾斜的街道，變成湍急的河流，雨水不斷地向低處流淌。

「出院那天，醫院大門口擠滿了急於回家的母親和初生嬰兒。

你父親冒着豪雨到街道上攔截的士，以為這樣就可以早點回家。只是這樣的鬼天氣，的士都載着搭客，於是他沿着街道愈繞愈遠。等到他把的士載了回來，原是擠滿了歸心似箭的母嬰的醫院門口，已經是冷冷清清。你說氣不氣人？但看到他身水身汗，也不忍數落他。你跟這個世界第一次接觸的，耳裏聽到的，眼裏看到的，就是這些雨點了。」

照母親這樣說，我一來到這個世界，就盡得父母愛的。滿天風雨，更加深了愛的深度。

怎麼後來又變得完全不同呢？

我的嬰兒時期，早已在擠滿人的街道上度過的。想了起來，只留下夢境般極模糊的印象。最熱鬧的總是在週末，整條街道擺滿一個緊挨着一個的小販攤檔，整條街道不通車了，或者說，司機知道要花很長時間才通得過，都不敢來了，攤檔於是索性把街中心都佔據了。

這樣的擺檔方式，當然是違法的。

於是，就出現了這樣的情況：

小販攤檔可以固定在一個地方，維持一段很長很長時間。在這樣的時候，我最容易聽到母親的聲音。母親的叫賣聲很熱切，是所有聲音中最甜美悅耳的，也最有節奏。我的眼前有很多人影在晃動，持續不斷地發着各種嗡嗡的聲響。但蓋不住母親的身影和聲音。

母親的聲音有時變成了搖籃曲。有了母親聲音的陪伴，很安全，不知不覺就睡着了。

要是我一直醒着，我就不會喜歡攤檔固定在一個地方的安定時刻，太沉悶了，我喜歡另外的時刻。

總會有這麼一個時刻到來。

小販攤檔突然急速地移動起來。不是一個攤檔在移動，而是所有攤檔都在移動。如果有個鏡頭以鳥瞰的角度拍攝下來，那一定像海面突然受到颶風吹襲，波濤洶湧了起來，無數木頭車就像一艘艘小舢板，被無情的狂風推動着，向同一個方向湧去。

拍攝了下來的話，也是一張歷史圖片了。

躺在木頭車上的我，視野就立即變得豐富無比了。兩旁的汽車、店鋪、樓房、樓房上的衣架，衣架上的「萬國旗」、懸掛在街道上空的各種廣告招牌……都在急速地向後退去，視覺搖晃得很激烈，好像一切都要塌下來。天空也在後退，也在搖晃，好像也快要塌下來了。

整個世界的佈景在瞬間都換掉了。

每逢這種時候，我一定不可能睡着，反而可以把母親看得真切了。

這樣的時候，母親的聲音消失了，她無暇，也不必叫賣了。各種雜沓的聲音乘虛而入，充盈了我的耳內。原本密密互挨着的攤檔，在急速移動的時候，四散了，距離都拉開了，原本很多在我視野晃動的身影都消失了，只剩下了母親。

最初，在一切都突然動了起來的混亂中，各種變動的景物會讓我眼花撩亂，到了最後，看到的只有母親了。

我永遠記得，母親沒有笑容了，年輕的臉緊繃着，頭髮披散着，豆大的汗水沿着她的臉頰流淌了下來。母親的嘴巴緊抿，顯示她在用盡力氣推動木頭車。

天空真的塌了下來的時候，就更刺激了，更緊張了。

天變臉了，斗大的雨點落了下來了。

我對雨的第一次感覺，是幼嫩肌膚感受到的，是雨水灑在臉上的那種冰冷的感覺。

雨點從天上飄落下來，滴到我的小臉上，停歇了。好像是遠方的客人，聯群結隊而來。

雨點構成的畫面，如詩似畫，帶來的當然是新奇、快樂。

這是我的喜雨。

一定有人感到奇怪，你一個嬰兒，怎麼記得這麼多？

不是記憶，而是感覺。感覺一旦附在身上，就不會脱掉了。所以感覺會叫人喜悦，也會叫人無比哀傷。

24、洪若秀 (2)・搖籃

母親拼命地快速奔跑，造成我躺在木頭車上的激烈晃動，已不僅僅是我的感覺，也成了我的記憶。因為我漸漸看懂了母親臉上的驚惶，很無奈而着急的神態慢慢也變成了我一個很真實的人生體驗：「搵食艱難」。

母親的狼狽刻在我的記憶裏，頭髮被雨水淋着，很凌亂。當頭髮因奔跑而飛舞起來，髮梢上的雨點也會濺到我的臉上。

母女倆最容易在雨中上演最驚險的一幕。

即便我的整個身體晃蕩得很厲害，母親秀美依然繼續狂奔。嬰兒的身體很輕盈，很容易就被拋起。只有當母親覺察到我快要被拋出了木頭車，才會驚叫了起來，雙手離開了車柄，向我撲了過來。

木頭車停了下來，全世界也好像停頓了下來。

母親現出驚恐而痛苦的神情。

那時，母親的表情顯示着，即便全世界最珍貴的東西擺在她跟前，她都不要了，她只要她的心肝寶貝。天下的母親大概都是這樣吧！

母親確實有一次因要停下木頭車來搶救我，被管理隊抓了去。母親甚麼都不顧，只懂得把我緊緊抱在懷裏。管理隊對她說了些甚麼，她都沒有聽得進去。

冰冷給了我如此深刻的感覺，只因母親把我抱在懷裏，給了我及時的溫暖。

母親給我的印象，就定格在這樣的奔跑裏，被抱在這樣的懷抱裏，無窮無盡。

長大後我就明白了，人生往往有很奇妙的組合。由於有了小販，才有管理隊的追逐，由於這樣的追逐，才顯出了謀生的艱辛，然而又在這樣的相存相依中，度過很多日子。這其中可以說出很多理由，其實也可以說是全無理由，最大的理由是每個人都得把日子過下去，而他們就靠着這個方式過下去。

但這樣的生活方式也逐漸式微了。現代的繁華、整潔的都市要有個樣子，再也容不得小販攤檔擠滿街道的市井景象了。

窮人的謀生方式會被淘汰。但窮人不會被淘汰，只會愈來愈多。

在小時候，更多的時候，在我孤絕的小小世界，會把雨當作是玩具，抑或可以說是朋友。雨點千里迢迢，從天上搖搖晃晃而來，與我作伴。只有雨點願意來理會我，雨點也變得可愛可親了。

雨是我的嬰兒時代，除了母親外，最熟悉的伴侶。

原來，母親的木頭車，是我小時候的搖籃，但不是我第一架搖籃。母親尚未把我安置在木頭車之前，是用揹的方式，帶大了我的。

我想，所有有幸被揹在母親背上的嬰兒，他們的記憶裏，母親的背部應該都無比寬廣，無邊無際，是嬰兒們的整個宇宙。

我一直記得我緊貼在母親背上，那種取之不盡的體溫。

母親的背部是我的第一個搖籃，但這不是個很安穩的、很有規律搖動的搖籃。

母親的生活需要奔跑。

母親奔跑加速時，我會油然產生莫名的愉悅。這個時候母親的背部，最像搖籃，搖晃得我最舒服，我就希望母親的跑動永遠持續下去。

母親的奔跑停下來時，我當然看不到母親的顏容，卻聽到她急速的喘氣聲，蒸氣般的熱力飛騰起來。我一度以為母親會整個身子飛了起來，就像飛機騰飛起來一般，然而相反，我只感到母親身體的癱軟。這是我從無數經驗中得到的。

總之，我少不更事，只感到母親的背，是我躺過的世界上最好的搖籃，溫暖、舒適，帶給我難以言喻的安全感。

這種感覺是不可思議的：你看不到一個人，大部分時間，你只看到了她身體的一個部分，而且永遠是那麼小小的相同的部分，可這就是最可親最可愛的一部分了。在世界任何地方都難以找到。

我不懂得母親奔跑時的那份倉皇。

我後來明白了那份倉皇了。我生下了芳雨後，也是學了母親的做法，把芳雨揹在背上，我記得我當時的心情是很愁苦的。

我最能體會我與母親揹孩子時，心情的異同。母親揹着我奔跑時雖然帶着一份倉皇，其實她是積極的。她為了躲避小販管理隊的追趕，少不免有份倉皇，然而這份倉皇，也是因為要謀生所帶來的那份積極性。

我最清楚，我揹着芳雨時，情緒消極得隨時都可以淪落。

我在母親背上的日子應該是短暫的，我大概長大到了再不適宜被揹在母親的背上了，就被放在木頭車上了。

我在木頭車上的日子比起在母親背上的日子就長久得多了。

也精彩得多了。

換了個地方，我的天地就寬大得多了。這個時候，我的眼睛才恍如真正打開，開始與這個世界有了真正的接觸交流。

躺在木頭車上，依然有身在搖籃裏的感覺。還幼小，還得躺着，還不能坐直起來。

應該是一歲，也許一歲不到的年紀吧！

25、洪若秀 (3)・靜好時光

我躺在木頭車裏，隨着母親推到哪裏，就到哪裏。我是貪眠的，有時睡得天昏地暗。嬰兒貪眠，是上天最善意的安排，因為嬰兒總是沒有甚麼好做的，最好就是沉沉入睡。但街道不是嬰兒在正常情況下應該身處的環境，很多嘈雜聲浪，比如突然而至的尖鋭汽笛聲，重物撞擊地面的激烈震動，都不是母親可以保護到的。

不過整體感覺，我對嬰兒時期，是心滿意足的。躺着的地方舒服溫暖，軟綿綿的，不過與在母親背上所感受到的溫暖，就稍為不同了。前一種溫暖是母親直接用體溫供給我的。後一種溫暖，則是母親千方百計用最適合的物料，為我提供的舒適環境。其實最貼切的説法，都是用母愛，無微不至的，保護着我，才會有這樣的效果。

凡是母親，一生所做的，就是這樣的工作吧。

跟着母親，並不是一直都在急速奔跑裏過日子，晴朗的日子，也會有靜好時光。時不時，母親會找一處安靜的地方休息，通常是海傍地帶，人流少了，也沒有小販管理隊來追趕了，可以享受清爽的海風。

不少人都見過我們母女休息的時候，那種相親相愛的情景，很多年過去，依然可以讓人留下印象。

已經年近九十歲高齡的趙伯說，自從退休了後，他常到渡輪碼頭附近散步。見得多，就記得母親秀美推着木頭車而來的情況。

雨季來臨時節，細雨總是綿綿不絕下着，陰暗天色下，你母親的神色看上去都帶點惶然。趙伯說：「當時我只覺得這個女人過得很艱難。但她也很堅強呀！」

母親後來經營了粥麵店，趙伯成了顧客，當母親或其他員工招呼趙伯坐下，他最喜歡重提當時看到的情景。

繪聲繪影，神色興奮，完全是另一番口吻了。

是一個忠厚長者誠心為別人高興的樣子。也是經歷了艱難歲月的人，才有這樣的情懷。

「你真的很有本事，一個女人有這樣的事業，真了不起。」

母親秀美聽了往往笑得很開心。

要是偶然碰到了他，他還是會說：「你那個時候還是這麼細小。」說着就用手比劃着：「現在都大個女了。」或者說「自己也做了媽咪了。」

趙伯真是很長壽，依然像奇跡一般健在，只是要由輪椅代步，由家傭陪伴。高齡的人，身體算是健朗的了，很不容易。

有段時間，我很怕遇上趙伯。事實上有段時期，對於所有認識我的人，我都害怕碰見。我承認，有一段日子，可說少不更事，日子過得一塌糊塗，沒有面目見人。

但趙伯確實幫我憶起好多往事，包括我們母女在碼頭附近休息的情形。

母親會把我從偌大的木頭車上抱下來。在我的記憶裏，母親的懷抱是我的第三個搖籃，是我跟母親最親近的搖籃，因為這個搖籃使我可以跟母親面對面，把母親的樣子看得一清二楚。因為最珍貴，我享用這個搖籃的機會也最少。要在母親最空閒的時候，才有機會享受。母親總是先動情地用嘴唇吻了吻我的額頭，然後很肉緊地摟抱了我好一會兒，輕呼着：「我的小寶寶，我的乖寶寶。」這樣的時間總是不夠的，如果可以維持這樣直到天荒地老，倆母女都是願意的。

然後，母親會從木頭車底拿過一個袋子，然後從袋裏取出奶樽。

母親在這樣生活的空隙盡着慈母的責任。

母親這個時候的笑容最甜蜜。母親的臉變得柔和了，雙眼亮麗。母親會長時間抱着我，一分鐘都不鬆手。

母親懷抱我時，有時會靜止得像一座雕像，用整整一張臉來表達所有的愛意。當母親久久地凝望着我，滿眼都是柔情似水，是春雨，母親就是用這樣的春雨滋潤着我，讓我發育成長。有時母親沒有望我，只抬起頭來，久久地望着遠方，那又是另一種表情了。後來我就知道，那是我到了母親這個年紀時也已很熟悉的，叫做愁苦的東西。母親那個時候的境況，愁苦是少不免。但我後來才明白，母親即使是在愁苦的時候，也顯得很柔和，甚至可能還讓人有種柔美的感覺，總之不是一種叫人嚇着的東西，因為母親秀美的心裏，還有最珍貴的本質在支撐着，那就是堅韌和樂觀，愁苦的情緒落到了這個支撐點，就給撐住了，不會一墜到底。

我雖然對外婆蔡烏願很不熟悉，但我也知道，母親的愁苦跟外婆的愁苦很不一樣。外婆的愁苦給人的感覺經常是鋪天蓋地的，那真的是一墜到底，毫無承托。我後來知道，外婆受到的苦也實在太多了。

那個時候，只要我輕輕一動，向遠方呆望的母親察覺到了，就會又垂低頭來，瞬間又已是滿臉溫柔的笑容，在我的小額頭上，印下一個吻。在以後的日子，我只要伸手摸了摸額頭，都可以摸得着母親的吻印。

然後，母親好像突然驚醒了一般，站了起來，好像她花了太長時間休息了，就又把我放回木頭車上。推着木頭車回街道叫賣了。

當我們母女一起共度那短暫的靜好時光，母親一定很嚮往安穩的日子，但現實是，有一大段風雨路正等待着她。

而我還不曾明白。

26、洪若秀 (4)・瞳仁

我在母親木頭車上遇上的趣事，是我一生裏最豐盛的時期，最重要的是這些趣事裏面蘊含了人間最純的溫情，只有在我身處的那個特殊環境，才有緣碰上，其他小朋友呢？即使父母再富貴，再呵護，都不可能擁有。

母親偌大的木頭車上，堆滿了五顏六色的衣服，我躺在衣服堆裏，很有花團錦簇的感覺。那是我看到最多隻手一起舞動的日子。

最多人圍繞着母親木頭車的時候，一隻隻手伸了下來，拉扯出一件件色彩繽紛的衣服，像彩旗般展開，然後又紛紛落了下來，常常就遮蓋住了我小小的身軀。這就有了捉迷藏的好玩感覺，藏在衣衫裏，專等人來發現我。

確實有那麼一次，遮蓋着我的一件衣服被拉扯了去，我就看到一張充滿驚喜的臉，然後，聽到了很悅耳的驚喜叫聲：這不是洋娃娃嗎？這是真娃娃呀！天，多麼可愛呀！

除了母親的臉龐之外，這是我看得最真切的一張臉了，這張臉孔又跟母親的臉孔很不同，就像戴上了一張面具那樣的不真實。

這張臉向我湊近，愈垂愈低，我看到的，就是她額頭上的一個鮮紅的圓點。這個圓點很大，大得連我的瞳仁幾乎都裝不下了。我巴眨了一下眼睛，又看到了圓點底下深邃得驚人的眼眶，就像無底深淵。但這個深淵絕不可怕，因為這個深淵源源不絕噴出的，是暖氣，溫暖着我。這股暖氣有憐愛、驚喜，這些表情凝聚在一張陌生的臉上，我就感到了近似母愛的親暱。然後，我看到了那張塗抹得紅紅的嘴唇，向我的臉頰接近。

就是在這個時候，我在對方的瞳仁，看到了自己的臉了，而且愈來愈近的嘴唇還在以誇張的聲調叫喊着：「你瞧這個小不點，哦哦，太可愛了，她在對着我笑哩。哦哦……」

我的確在這個陌生人的瞳仁，看到自己在笑，小小的嘴微微裂開着，恰到好處，就成了最可愛的樣子，已經具備點慧黠的模樣了。也許人們已經看得出，這個小不點懂得跟人家玩捉迷藏的遊戲了。

經了這個女人叫喊，誰都停止了活動，都把頭朝我轉了過來。眾多頭顱組成了一個圓圈。所有的眼睛都是亮晶晶的，我在這些瞳仁看到了很多個自己。誰都有隱藏不了的笑意，笑聲好像也組成了一個圓圈了。

我就像圓形水池裏的一尾小美人魚。

我就感到，這架簡陋木頭車，既是母親的謀生工具，也曾是我嬰兒時期的舞台，我表演了我最天真的一面，也度過了我最快樂的時光。

母親有太多顧客了。

我想，我是不是曾經做過母親的小道具？

一個趣致的女嬰，成了樸拙的木頭車上的一件精緻得不得了的小擺設。是成了招徠來客的犀利武器。

我是母親的模特兒。

母親的木頭車上，確實還有各種顏色和精美圖案的嬰兒服裝哩！

我是活招牌。

要是某個母親，選中了某款嬰兒服裝，央求母親，希望讓我穿穿，看看合適不合適，母親也許也會答應吧！

幼時跟母親在一起的時間太多了，好像這個時期的好時光配額用得太多了，以後就難得有這樣的好時光過了。

真正叫我難忘的是那個小男孩。

那時，我雖然還是躺在木頭車的衣物堆裏，已懂得翻側身。這邊的風景看厭了，翻了個身，另一邊又是不同景致。

一對小眼睛可以轉來轉去，像鏡頭那樣，把景物都拍攝進去。很多招牌，在我成長後，依然懸掛在原來地方，而它們的主人，已經不知去向了。如果你按照招牌去找店鋪，還能找到，一定是莫大驚喜，這家老字號一定有甚麼特色，才能屹立不倒。通常是當鋪。富裕時代，當鋪也倒下了。有甚麼值錢的東西拿去典當呢？還是衣服被蓋嗎？

嬰兒不能主動接觸別人，幸好，嬰兒都有吸引別人注意的可愛之處。

我總是覺得，那個男孩的一雙眼睛，是一下子就湊近的。

事情的經過，很有可能是這樣的：我的眼睛，一直朝着某個方向望着。當頭轉了過來，視線隨之轉移時，整個視野已完全被另一對很大很大的眼睛擋住了。因為湊得太近了。

這對眼睛似曾相識，又大又深邃，專注地望着我。眼神很像我看過的額頭上有個紅色圓點的女人，只是這雙湊近的眼睛卻沒有笑，更多的是帶着好奇的羞怯。眼的色彩，就像我看慣了的相當澄明的藍天。整個天空都湊近來親近我嗎？我忘了笑了，小小的眼珠也不轉動了，對視着湊近的眼睛，神秘的、卻是我極喜愛的眼睛。如果不是感到那雙眼睛在充滿好奇外，還帶着的那點畏縮，我可能早就伸出小手來，抓住它了。免得嚇跑了它，一動也不動。但那雙眼睛還是突然急速退後，我的視野也突然急速擴大，然後我看到了另一雙眼睛跟急退的眼睛並排着，只是新的一雙眼睛更大也更深邃，溢滿了笑。

跟着，兩雙眼睛同時又進一步退後。

我看到的是一個小男孩被一個女人往後拉開了。

那個小男孩如果不是被拉開，他還會望着我多長時間呢？

我真的希望，小孩逗留在我眼前的時間，可以拖得更長一點，因為我覺得那雙眼睛充滿秘密，解開秘密需要時間。

我把這個男孩記住，是因為在這一次經歷後，他的一段關鍵的成長時期，沒有在我的視野裏消失，後來的很多日子，依然可以看到他。

可惜，我不是成年，沒有辦法跟他建立友誼。

27、洪若秀(5)·配角，或臨記

用好奇的目光凝視着我的小男孩，他的成長，同時也是我的成長。自己的成長是不大看得到的，或者說是不大知覺的，他的成長卻是清清楚楚在自己的眼底下展開。看到他也就是看到了自己，這就是最大的愉悅。

我從只能躺着，到可以坐直起來，視野又變了，可以看得更遠，更寬廣。

每次當我看到那個穿着艷麗民族服裝的印度母親拖着小男孩走來，我就有着異常的喜悅。即便是在人頭湧湧的時候，我都可以輕易就把他們辨認出來。不僅是他們的服飾、膚色，還有從他們大而深邃的眼睛溢出來的笑意。

我可以站在街上，站在母親身邊的時候。我跟這個男孩就更加接近了。

但小男孩再沒有像第一次那麼大膽地看我了。他的雙眼皮的眼睛愈來愈帶着羞赧。他不敢望我，我反而大膽地望他。

看到過很多嘻嘻哈哈的孩子，我卻獨對這個小孩，有着親近的感覺。

印度母親每次來母親的木頭車，並不一定是要來買東西，更像是來探望、敘舊。

印度母親來街市其實不大買現成的衣服，她都是來買布料，然後，也許，自己回家縫製。她應該是個對自己的民族文化抱着濃情的人。

我五、六歲的時候，突然就不見這個男孩來了。這是我首次懂得離愁的滋味，大概是因為，那是我最需要友伴的時候。

他到哪裏去了？這就是人生的一部分。

要說我是一件精緻的小擺設，那麼，母親奇妙的親和力，超常的鑒貌辨色的能力，造就了母親成了精湛的街頭表演家，也許還是個出神入化的魔術師。

木頭車是我的小表演台，整條街道是母親秀美的大表演台。

母親秀美往自己的木頭車前一站，頓時就變成一個充滿動態的人，唱念做打，聲色俱全，在我眼中，母親是街頭表演的主角。

母親最大的本領是能夠帶動配角入戲。

於是，配角也表演得各有各精彩。

木頭車前川流不息的各色人等，都可以充當母親的配角。至少她們都可以充當母親出色的臨記。

有些印象實在是太深刻了，深得當我也長大了，成了亭亭玉立的少女時，已完全可以理解，為甚麼當年母親突然從雜亂的貨物堆中抽出一件衫，一條裙，或一條圍巾，送到那些活潑的少女顧客眼前，展現上面的顏色和圖案，會使她們驚喜得大叫起來。

因為母親做事認真，有心思。

心思就是可以支撐起自己生意的力量。

也許也因為，母親的年紀跟她們相差不是太大。

我後來也會明白，母親的心思裏，包含了很多關愛和細心，才能感動那些流動的、陌生的配角，或臨記。

如果要我選出一個母親最佳的街頭配角，我一定會選出那個男人。

因為他太奇特了。

圍繞着母親攤檔的，似乎永遠都是女人，中年的居多，只有這個年紀段的女人最懂得嘘寒問暖。她們其實代表着一個又一個的家庭。有時或許會為自己買，更多的時候是為還未成年，還沒有自己經濟能力的子女買，當然也會為自己的男人買。作為大多是家庭主婦的她們，都可以為家人拿主意。只有在週末，同樣亮麗的母親秀美，也招徠一批年輕少艾，圍在她的木頭車周圍，團團轉。

母親的木頭車被女人圍住了，這個男人靠近不得，更大的可能是不敢靠近，似乎覺得自己男人老狗，怎可以隨便靠近；但確實又有靠近的需要，不願意走開，就這樣，只得站在外圍。那個時候，就是有這樣的男人。

看來這個男人在假日，才有空來趁墟。站在外圍，人潮推動着他，他只能左閃右避，既顯得不知所措，又顯得很尷尬。

其實人潮不多的時候，他整個人也都顯出一副尷尬不堪的樣子來。他想做某件事，卻不知如何下手。

這樣的男人一定是比誰都要樸實的，身上的一切，不論外貌、神態、服裝，甚至是站立的樣子，都在告訴人，他就是這麼一個謙卑的人。

人很瘦小。

他的瘦小，首先是由他的臉頰告訴我的（我已懂得較仔細觀察人了）。因為膚色相當黧黑，凹下去的雙頰就平添多點陰影，好像凹得比誰都更厲害些。我特別注意的卻是他臉上的顴骨，就像兩把錘子，架在臉上，要不是他謙卑的神色，看上去真有點凶狠，好像隨時都可以把臉上的錘子拔出來，向人發動攻擊。

流露的神情，真的一點兒也沒有好勇鬥狠的凶相。反而，倒是一副望人打救的樣子。

是母親的親切笑容留住了這位顧客。

甜美的笑容像是無聲的承諾，一定會幫他，不會冷落他。

28、洪若秀(6)・買女裝的男人

母親秀美給這個男人的示意很清楚，只要他有甚麼需要，她都是很願意幫忙的。這樣一來，這個男人就好像在這雜亂的街上有了自己的位置，自在得多了，好像如果有人覺得他不應該站在街上，阻塞道路，他就有了理由，説是母親叫他站在那裏等候的。

我長大後，會為自己這種想法而感到可笑。母親街邊擺檔，也是非法的呀！做了非法的事，是為了謀生。

一個男人像乖孩子般站在街上，罰企一樣，會無端叫人感到他的可憐。他站在那裏，無非是要為他的女人（後來知道的）買衣服吧，但看他的樣子，讓自己穿着得體面一些都不懂。他穿着得太隨便了，讓人一眼就看得出，他是個在生活上缺人體貼照顧，自己又不太懂得照顧自己的人。

不懂得照顧自己，反過來卻必須照顧別人，這種人，要不是很顧家，愛心「爆棚」的人，會是甚麼呢？

一個飽受滄桑的人，遇上很多不如意的事，盡是供人差遣，不可能遇上甚麼風光的事，把自己的自尊心降到最低。所有這些，是我看到這個男人後體悟到的。

母親在適當的時機，用女人才會有的溫柔，招呼着這位顧客。

「這位先生，你是想買些甚麼嗎？」

他靦腆地笑着。似乎不知如何說出來。

但他的回答，很簡潔。

「買我女人的衣服，身材跟你差不多，歲數也跟你差不多。但是，要在鄉下穿的。」

他的話一出，他跟母親都笑了起來。男人的笑，應該是不好意思居多。男人要替自己的女人買衣服呀！不是「愛妻號」是甚麼？母親一聽，則明白了他為甚麼定要堅守在她的檔口。

一個如此穿着的男人，卻要為自己的女人買衣服，他哪裏勝任得了呢？也真的很難為了他。一個男人可以為自己的女人這樣用心，同樣是女人的母親，整個心也會被觸動吧！因為感動，所以她跟男人一起笑了起來。

「我明白了，你明天來吧，明天你有空嗎？」

「不一定。有工開就來不了。」

「那不要緊，你哪個時候有空就哪個時候來。我多半會在這裏，或附近甚麼地方擺檔。」

「我知道。」

「太太有在申請嗎？」

「在申請。」

「也太難為你了。」

「我妻子嗔怪我，說是你那裏有許多衣服可以挑選，怎麼盡挑選些我不適合穿的。」

男子又靦腆地露出笑容。

「就懂得怪你，沒有讚美過你一次嗎？」

「她沒有。倒是鄉里，包括那些女人，從鄉下申請來港後，會不時告訴我，你把你妻子打扮得像彩雀一般。」

「一定是那些女人，告訴你妻子，說有很多衣服可以挑選，也不想一想，一個男人哪裏懂得？以後寄了衣服回鄉，她有甚麼反應，一定要告訴我。」

這位大男人聽了母親的話，神情更加靦腆了。

「她再不滿意，我甚至可以寫信跟她討論，問她喜歡怎樣的衣服。」母親說。

男人這次聽了，大笑起來。

「這樣最好。」

男人轉身離去的時候，母親說：「我隨時為你備下，不會收貴你的。」

男人回過頭來，感激地笑了笑。

這是他們之間第一次做買賣，卻已一見如故。

在母親秀美心中，這個男人，肯定是一位很典型的好男人了，母親會不會有特別觸動？

男人一個星期後才來取衣服，樣子有點狼狽。

「幾次想來，就是找不到時間，太晚或太早了，也想着你應該早已收檔或是還未開檔。真不好意思，怕你誤會我不知是怎樣的不負責的男人。」

母親聽了很感動。

這位老實人，後來經常來買衣服，包括他自己穿用的，整個人像樣得多了。

他說，自己穿着像樣得多了，衣着費用倒是比以前少了。

「你為我挑選衣服，我已感激不盡，要是少收了我的錢，我會很不安。」他說。

「別這樣客氣。」母親說。

每隔一段日子，他就會出現。他忙於謀生，但每一次出現，總是讓人感到他的生活有了新的變化。這位很苦相的、其貌不揚的人，也有快樂的事情在支撐着他。某個時候，會變成了最有笑容的人。

並不需要特別的解説，他的身世在他提及的一些生活細節，都逐漸讓人明白了。

他為人純樸，身世同樣簡單。

他來買的，不僅限於女人衣服了，還來買嬰兒服裝。他每一次來買衣服，母親對他的生活細節就了解多一些，孩子又長得多大了，多高了。

他還會問母親，哪個牌子的奶粉好。

「我幫你買吧，也費不了我多少時間。」母親顯得格外熱心。

他憨厚得不懂説多謝了，只是笑，一切都在不言之中。

這個男人，顯然把母親當作是他的很值得信賴的生活顧問了。他很需要這樣的顧問。

對話簡單，不僅是因為他們都忙，也是因為彼此信任。

「恭喜你了。」母親最初得知這個男人要買嬰兒服裝，笑着説。

這位粗獷男子笑着露出的憨態，是真正的內心喜悦，卻又不知如何表達。他的外貌所顯示出來的蒼老，還有粗獷，應該都是操勞帶來的。他的內心完全不同。他的內心有份別人不容易發現的愛和純真。

第五幕

29、洪若秀 (7)・男人的妻子

一旦熟稔了，就不會只是純利益的關係，至少我母親就是這麼一個人。特別是知道了對方是值得交朋友的樸實的人，更加是真心付出。

「有在申請妻兒來港嗎？」隔了一段時光，秀美又對這個男人問起這個問題。

「在申請。也不是那麼容易。」

「一定會有團聚的一天。」母親秀美安慰他說。

這個男人，會不會從母親的熱心幫助，感受到有個女人在身邊的溫暖，而格外盼望他的女人快點申請來港？

母親每次對他說的那句「你明天來吧，我不會收貴你的。」成了他們來往信任的基礎。

要找個完全可以放下心來的人，不容易。這個男人和母親應該都感到，對方就是。在苦澀的人生，這也就是一份不淺的福氣了。

這個男子日子過得不輕鬆，甚至經常還是狼狽不堪的吧。有一次，我們母女在近海附近的地方休息，正下着微微細雨，看見這位男子從碼頭出來，行色匆匆，穿着更加隨便了，應該是工作服，上面沾滿着泥水和油漆跡，沒有帶傘。母親想叫住他，他已經消失在人群裏。人海茫茫，腳步匆匆。這是這個男人的生活基調。

日子就這樣過着，從買日常生活用品這樣的瑣碎生活細節，就可以透視這位男人的家庭生活，是艱難的，卻又是溫馨的。

母親曾說，一個女人嫁了這樣一個男人，如果不是從大富大貴這個角度來計算，也算是三生修來的。

母親的這番話是有感而發的。

終於有一天，這位男子帶了一家妻小一起來看望母親。

因為帶了一家妻小來，一個原本很明顯卻沒有特別加以注意的細節，這個時候就凸顯了出來，那就是，在生活操勞的磨損下，男人的身架已有些坍塌，那是他已有點佝僂的身影所帶來的印象。妻子卻顯出了與他不相稱的健美。她的身架是挺直的，比起男人就高出了半個頭。她的健美不是都市女子的健美，都市女子叫人眼前一亮的健美，極可能是由纖體、健美操、瑜珈、緩步跑等塑造出來的，是一定要給人一種體態美的精緻感覺的，也是很健康的。穿起時裝，經了適度化妝，給人婀娜多姿的視覺享受。當然很動人。

這個男人的妻子顯然，至少是暫時，經不起化妝，也經不起最時髦的服裝披在她身上，因為要是這樣，她原有的韻味就會完全被淹沒了。她還不適宜這樣的裝扮。她的美是要在市井街頭上才得以完全展現出來，她的美不比商業中心街道上那些時代女性的美遜色，因為她的美是屬於另一種形態的美，市井應該有自己的美。最重要的是，這種美會很持久。因為這種美最接近自然，自然成了她的守護女神。原來自然的美就是這樣，自然的健美是我無法形容的，因為難得見到。

我想，母親秀美一定熟悉這種美，因為她本身就具備這樣的美。這種美是在日常的勞作中磨練出來的。大多數女人，都耐不得過度的勞損，而日漸憔悴，然後衰敗下去，因為操勞不但是體力上的消耗，必須操勞的女人，通常在生活上也會遇上很多不如意的，不快的，經常都解決不了的事，那就構成了精神上的耗損。

只有得天獨厚的女子，才會在磨難中反而發出異彩。她們的心靈是健康的。

母親顯然是一見就喜歡這個男人的妻子。大概是為這個男人而高興吧！母親對女人親切地笑着。

「過得還習慣嗎？」

女人溫文地笑着。

「香港地，就是住的地方不易，淺窄。」母親秀美說。

「不過，大家的日子都是這樣過的了。還有甚麼比起一家團聚更珍貴。」母親又說。

女人聽了有了較具體的反應，點了點頭，臉上露出亮麗的笑容，一副賢妻良母的樣子。這樣的家庭結合也是不容易呀！女子的笑容叫她整個人更加亮麗了。母親秀美親切而關心的口吻，一定起了一點作用。

這個名叫阿英的女人，後來也到母親經營的粥麵店幫手，成了很得力的員工。阿英的能幹，在她上手了以後，就表現得淋漓盡致，她可以一腳踢，哪裏需要就幫哪裏。當然，她最出色的是跟秀美「拍住上」，招呼人客，是一對叫人看了很舒心的孖寶。

我到了年紀也很大了，才能透徹明白阿英來港與丈夫團聚，給母親帶來多大的感觸。我外祖母施烏願也是來港會夫，外祖父來港短暫逗留，生下了母親，就再也沒有回來了。阿英卻確實真的可以跟丈夫團聚，縱使生活再艱難，夫妻總算是在一起。何況，阿英到母親經營的粥麵店幫手，總是笑口常開呀！也算得上是幸福了。

想來，阿英的婚姻，也是「父母之命，媒妁之言」那種傳統的婚姻方式，但上天就是安排了這麼一個好男人給她。

30、洪若秀(8)・生活的變遷

我對我經歷過的人生的反省，原應該早就開始了。但我的反省能力太差，造成了太多太大的遺憾。

我的生活發生了變遷。

我記得阿英，是因為她開始過起她的好日子，我的好日子卻不能繼續下去了。

母親結束流動小販的生涯，我幼年快樂的日子也劃上了休止符。

為甚麼母親不繼續流動小販日子呢？這段日子叫我感到我幼年時期很快樂。我有這樣的想法，當然是因為我無知。

後來我當然明白了，母親要是繼續做流動小販，就不會有後來經營粥麵店的機會，那麼後來我們一家穩定的生活，還會有嗎？

當我充分了解母親後，我就知道她不是那種過一日算一日，而是懂得思前想後的人。她深知做流動小販只會愈來愈艱難，終會朝不保夕，以致無立錐之地，蹉跎歲月，誤了自己。以後的日子還如此漫長，不謀求自救，可以找誰呢？

其實，有個更重要的因素，母親已察覺到我的父親，被人稱為「大哥洪」的劣根性難改，一家的生計要是指望他，前景是得吃西北風居多。

再不張羅一下，就會太遲了。

母親秀美當時的考慮，一定更多吧，我相信她不得不把我放下，自己去另謀發展，也一定經歷了很痛苦的內心掙扎。

只要用一句很簡單的話來解釋就足夠了：面對嚴酷的艱苦生活，即使再無奈，痛苦，都要面對。

我的外婆蔡烏願，不是曾經也要面對同樣的情況嗎？或許外婆面對的情況更艱難了，很早很早時分就要摸黑起床，把尚小的母親秀美獨留家中。這種痛苦的牽掛和焦慮，在我生下了女兒芳雨後，完全可以體會到了。

母親不繼續做流動小販，我相信第一考慮到的依然是我。我日漸長大了，也不適宜整天跟着她滿街跑。母親需要有個可以謀生的、穩定的，又能夠陪着我的地方。

母親覺得街邊排檔就是這麼一個理想地方，很幸運的，她又果真謀了個售賣布疋的排檔來經營。

你知道甚麼是街邊排檔嗎？你沒有我的熟悉，我童年時期很長時間，就是在街邊排檔度過的。

遍佈於港九各個地區的街邊排檔，是特別的謀生形態，大概是界乎流動小販與正式店鋪之間的事物。

一條街道，通常是街的一邊，排列着販賣衣服等生活日常用品的小攤檔，這就是街邊排檔。像中區利源東、西街的女人街，就是揚名國際的街邊排檔。

隨着時間的推移，這類街邊排檔的命運也跟人的命運一樣，各安天命。有的地區，例如旺角、中環，依然興旺，一檔難求。有些地區的某些街道，排檔已呈式微，檔主謀不到起碼的生計，呆下去只誤了自己，就把排檔給廢棄了，排檔留下的空檔就出現了一角荒涼的景象。依然經營的排檔，失去了整體氣勢，維持下去的難度又增加了。

我母親的出色之處，是她敏感的觸角。她做了街邊排檔後，憑直覺，很快知道也不妥。

我母親很有危機感。有危機感的人，通常都很有責任心，時時都會為家人着想。像我父親，要他做個有危機感的人，就難了。

造成我母親秀美強烈的危機感，環境也是個重要因素。我母親的成長過程中，不論是外婆還是周圍的人，日子都不好過，目睹耳染，危機感就日積月累了起來。我母親在日常生活中聽到了太多歎息聲和憂慮，弱勢者常常有坐以待斃的無奈，等着種種的歎息和憂慮變成事實，這是很可怕的事，母親不想落進這樣的境況，就時常思考該怎辦。

據我所知，母親接手街邊排檔初期，已感到很焦慮。生意比起流動小販差得多，也是一條死路。

而就在此時，家裏的經濟境況也出現危機。

據我所知，原本就吊兒郎當的父親，這個時候的腳患加重，腳患是做司機的大患，腳不靈，駕車當然也不靈了，隨時發生嚴重車禍。

父親的腳患，應該是他生活陋習造成的吧。一世人就是做司機的父親賦閒在家一段時間。一個大男人，這樣下去也不行。布疋排檔養得了一家人的一生？母親跟父親商量，不如你去看布疋街邊排檔，我去打一份工。母親極力勸說，工作不辛苦，而且自己是老闆，沒有人管束。

於是，父親來了排檔，母親去打工，我就這樣跟父親了。我的日子也就變質了。

這是不得不作出的選擇。

31、洪若秀(9)・父親來了

跟着母親在布疋排檔過日子，我的童年，就像一頭被用鐵鏈拴在街邊排檔的小動物。雖然不是真的有條鐵鏈把我拴住，卻確實把我的童年完全拴住了。

我的幼年跟母親過，有過美夢一般的被母愛籠罩的日子，幼年剛過，惡夢般的日子就降臨在我身上了。

我在一段很長很長的時間內都想不通，母親怎麼忍心這樣安排？我跟母親的關係出現了裂縫。這個裂縫，導致我少女時期一段反叛的日子，這傷害了我，也傷害了母親。

我想，窮等人家，這樣不幸的事，總會不時發生的。

我對父親的記憶，比起對母親的記憶更清晰些。

跟母親在一起那段日子的記憶，是美好的，但因為是在幼年發生，記憶就變得模糊了。跟父親相處的日子大都在童年，所有的記憶幾乎都近乎惡夢，痛苦的經驗總是容易沉澱的，因而容易保持清晰。

我記得，壯年的父親，身材已相當臃腫，特別因為他的凸得有點誇張的大肚腩，每個動作都變得很不利索了。

我對父親初到排檔時的印象特別清晰，因為與母親的一切太不同了。

父親一來，排檔前的那塊小小的空間就有了新的安排。也不知從哪裏搬來了一張有把手的坐椅，父親躺在上面，就有種養老的老太爺的意味。

正值炎夏。午後，陣陣過堂風吹過，竟有點清涼的感覺，也吹得人昏昏欲睡。父親歪在坐椅上，很快就打起了呼嚕來。他的睡相就為街市添了一景。父親素來不大理會別人目光，只追求自己舒適的性格，也就暴露無遺。

布疋排檔生意，如果期望不大，尚算過得去，要是一般人，都會抱着得過且過的心態了。只是我母親還算年輕，敏感嗅到不祥的氣氛，做下去不會有甚麼前景。確實，即便是當時，大多數排檔檔主都已是老人家，就像把排檔當作是老人院了，有生意就做，無生意也樂得清閒，只要有一個小小的排檔讓他們守着，感覺上好像有了安身立命之所，時常會流露出怡然、知足常樂的神情。

父親煙酒不離手。離開了這兩種東西，整個人就會變得六神無主了。

最初，母親秀美會很熱心來看望，每次來，總是憂心的提點他，要小心火種呀，布料惹火呀！父親就動作優雅的揮了揮手，我吸煙吸了幾十年，哪裏會不知道，有過甚麼意外！你少憂呀！說着，他把煙蒂丟到地上，順腳用力地踩了踩。

吸煙時間長，也可以成為他的資歷，確實是無話可說。還能夠跟他說甚麼道理！

「你這種習慣一定要改，這是在街道，小心被控亂拋垃圾。」母親氣急敗壞地說。父親瞇着眼，根本已聽不到母親秀美在說甚麼。

父母雖然經常吵嘴，其實說起來也算是有溝通，應該是他們關係最密切的時候了。

我每天的功課、午飯和晚飯，就在擺於排檔前的一張小枱上完成。後來，當我對人家說，我的童年大部分時間是在街上度過的，大家都無法想像那是怎麼一種情況，就會帶點憐憫的口吻問，那麼，你的童年很苦嗎？

嚴寒天氣下，冷冽的穿堂風吹過，比任何時候都要凜冽。遇上冬雨，冰凍雨水蓋頭蓋腦淋了下來，你說苦不苦？

我後來很怕冷，想來就是那個時候形成的。

夏日，卻像得到了補償一般，同樣的過堂風吹拂過來，很清爽，很舒服。

當然，夏日也有淒風苦雨。都市的雨會叫一個小女孩的日常活動都受了干擾，甚至無路可逃。

那也是一種恐懼。

我最願意記取的，是很多人摸過我的頭。我已記不清有多少人摸過我的頭頂，我感到那是一種憐愛的表示。

這種特殊經驗，其他孩子不容易享受到。

這些溫馨的記憶，總算多少抵消了淒風苦雨帶來的寒意。

我坐在小枱子前，用心地做着功課（小時候還是很乖巧的，只不過，上了中學，當我有了較大的自主，就開始變了。）突然有隻手摸着我的頭頂，抬起頭來，無論是誰，遇上的目光都會是柔和的。

一個小女孩坐在攤檔前，看起來總是像個擺設，願意幫手看檔的孩子大抵都是懂事可愛的，也就惹人憐愛。

摸着我的頭的，大都是來看布料或買衣服的女人。

我的頭被摸，並不是每次都可以為我帶來憐愛。

頭被摸而帶來不愉快感覺，印象最深刻的，來自原本應當是最疼惜我的父親。

在我的感覺裏，母親把我留在街邊，已屬不幸，而父親在我頭上撫摸的那一刻，我感到我的日子變得更差了。

父親肥厚的手按着我的頭頂，低下頭湊近了我，說：「阿秀，我到對面去，有甚麼事就去那裏叫我。」

「哪裏？」我驚慌地問。知道不會是好事，當時已忍不住冒出淚水。

父親看不見。或許他假裝看不見女兒的淚水。

父親的手轉移到我的肩膀上，聲調變得更加柔和。

「就在對面街，有很多人聚集的地方，你只要過去大叫一聲，我就會聽到。」

從此，父親就不大呆在檔口了。除非是在午間，飯氣攻心，他想瞌一瞌的時候。

我邊做功課，邊看檔。孤零零的一個人，那樣的日子可想而知。

雨季來臨的時候，街邊檔，總少不免會被雨淋，在淅淅瀝瀝的雨聲中，父親到了哪裏去呢，我會急得哭了起來。

然後逐漸習慣了下來。

人生不免會如此嗎？

32、洪若秀(10)・撫摸我的頭的手

母親也曾撫摸過我的頭。

一個炎夏午後，一隻溫柔的手輕輕地摸着我的頭頂。我剛轉身要抬起頭來，母親已經張開了雙手，把我一擁入懷。母親輕輕地呼着我的名字阿秀，聲音有點哽咽。

阿媽帶了甜品給你吃。她說。

有一次，母親來探望我，我完全不知道，大概是因為我疲極而睡着了。

是隔鄰排檔的阿婆告訴我的。

阿婆說，大概是你母親想着你都想得瘋了，也不放心，就跑來布疋排檔看看。

阿婆說，哪裏見得到你父親大哥洪的蹤影？卻見你頭伏在小枱上，睡着了。街上的強風，把你的頭髮吹得很凌亂。你媽走過去摸摸你的頭，突然痛哭了起來。

你母親只是哭，卻沒有碰你。我看得出，她是在想，要是她這個時候叫醒你，抱着你親親，於事何補呢？而她自己就更加控制不了自己的情緒了，一瀉千里，在公眾地方，如何收場？

那一次，你母親陪着你，呆坐風中，很久很久，哭泣着，卻不敢讓人看見。

大概你母親還有一層考慮，像這樣的狀況，還會持續下去。她已無力改變。要是她忍不住，抱着你哭，會讓你生了奢望，以為她會放棄一切，來陪你了。

阿婆這樣説着，歎息了起來。你媽也不容易，一個女人……

把親生女兒弄在街上，不出甚麼大事，也就算是萬幸了。誰都會這樣想吧。

直到我醒來，我媽才離開。那時，阿媽真的把事情拋開了，不然，哪裏有這麼多時間來這樣陪我？

母親每次來，都為我帶來美食。以美食來彌補愛的不足嗎？

把親生女兒弄在街上，不出甚麼大事，也就算是萬幸了。誰都會這樣想吧。

不會這樣想的，恰恰就是我父親。

我的童年過得孤寂，然而也不能説完全沒有快樂的時候。

那是另類的快樂，不是其他孩子輕易就能嚐到的。

那一天，也是有一隻手輕輕地摸着我的頭頂，是一隻女性的手，我立即就感到不是媽媽的手。撫摸的力度，有一份憐憫，表達着一份陌生，但觸摸的力度已傳達了一個陌生人最大的親切感。

我很自然的反應就是抬起頭來。

在那剎那，我感到一個美妙的夢又重溫了。似曾相識的感覺，因為這個夢曾經在我嬰兒時期做過。

一個大人，如果生得臃腫，站得又很靠近，穿的又是帶着濃烈異國風情的彩色鮮艷的服裝，那一定就像一座大山。

為了看她，我的頭愈抬愈高，最後只好後仰了。

幼時曾見過的那個景象，跟眼前所見到的這個景象重疊在一起。幼時所看到的，也是這麼一個仰視的角度。

我不得不站了起來。

視線繞過了一個高峰的阻擋，這個高峰就是她的肥大的肚腩，看到了一個女人，身後還有一個女童，年紀大致跟我一樣，身高跟我也差不多，帶着怯生生的笑，好奇而友好地望着我。

這位美麗，體態豐滿，從外貌到服裝，都充滿異國風情的女子，講出來的本地話卻很地道。

「你爸爸……那個男人是你的爸爸吧，他到了哪兒去了？」

她這樣問，我知道她一定曾來過的了。

「我爸爸走開了。」

「噢，就留下了你一個？」異國女子又摸了摸我的頭頂。

「爸爸在不在，都不要緊，就算他在，也會叫你自己去看看裏面有甚麼中你意的貨色。還好了，我就會叫他過來。」

「他很忙？在哪裏？」

從固定排檔的縫隙，我指了指投注站前聚集的人群。女人看了，搖着頭笑了，又憐惜地摸了摸我的頭。

「唉呀，唉呀，你那個父親。呀，你這個可愛的小女孩！懂得幫忙媽媽了。」

這是一個在短時間內，把我的頭撫摸得最多次數的女人。她用這個動作來表達她的善意，應該還有愛意，這樣直接的舉止，我完全感受到了。

這些女人，出於本能的母愛，撫摸我身體最方便撫摸的部分，來彌補我缺失的父愛。父親總是不在，不是缺失父愛是甚麼？

在我的小小心靈，很單純地想，能夠生出一個可愛小女孩的人，就是一個很好的女人。

這個異國女子，果然按照我的話，逕自在布疋堆中，尋找她心愛的布料去了。

之後，我伏在小枱子上繼續做功課，渾然把這名女子忘了。

突然抬起頭來，發現異國女子身陷於布疋之中，就像插在布疋中的一朵鮮花。她滿頭大汗，漲紅了的臉上像塗滿了過厚的胭脂。滿臉是只有找到了寶藏才會露出的興奮神色。

排檔地方狹窄，布疋種類繁多，又要兼顧各種顏色、圖案，不可能像正式布疋店鋪那樣，很整齊的一一陳列出來，只能雜亂無章地、像插秧一般地筆直地堆在一起。客人光顧，也就只能看到最外面的那幾種。母親在的時候，會問客人需要甚麼布料，然後為她們尋找。

父親看檔後，對經營布疋完全沒有熱心，哪裏有能力提供這樣的服務？

服務在不知不覺之間變成了另一種形式，就像這名異國女子，難得可以自由自在地在布疋之中慢慢揀選，把一匹匹精美的布疋拿在手裏，慢慢地欣賞，對於一個愛美的女性來説，真的是像到了樂土。不知不覺之間，往深處發掘，就讓自己給搬出來的布疋包圍起來了。

我睜着驚嚇的目光望着她，想着該如何打救她，想不到聽到的是哈哈大笑聲。

33、洪若秀(11)·寶貝姐

有生意做的時候，我就要去找父親。

其實要找父親回來，是不容易的。看到父親時，很多時候他的神色、動作、語氣，都顯出了眉飛色舞的幸福和快樂感，與我慣見的那個昏昏欲睡的父親簡直是判若兩人，有如服了興奮劑。

父親處於亢奮的狀態，要找他回來，把他處於高峰的好興致完全打破了，他就會很不耐煩。要找他回來，就像要把一頭吃着嫩草的牛拉回家。

父親是連生意都不願做的。

我能得到多少父愛呢？

不過，父愛是一種天性，每個父親都會有的。父親的父愛終於醒過來時，卻已是他陷入窮途末路的時候。

這個時候他的父愛，已不值錢。

父愛也有被嫌棄的時候。

一個小女孩呆在街道上，不管她願意不願意，她碰過的事，見過的人，一定都比其他孩子多。

不尋常的事情和人物都不少。在街頭上，不會有人為一個小女孩過濾，說這樣不能看，那樣不能聽。

一個在街上的小女孩，不可能得到保護。

這樣的目睹耳染，對我造成了多少惡果呢？我沒有計算。

我確實見識了另類女人。

其中一位叫寶貝姐，是排檔檔主。

她的排檔就在我們布疋檔的隔鄰。

這一街段的固定排檔當中，寶貝姐的位置最好，排第一位，正處人來人往的街口。

寶貝姐既是她的排檔的生招牌，也可以說是這一街段排檔的一塊生招牌。

排檔經常連個店號也沒有，遑論招牌了，顧客也覺得沒有這樣的必要。

整個街段的排檔有個生招牌壓陣。這應該是好事。

寶貝姐排檔販賣的貨色，色彩最繽紛。

賣的也是最為實用的，那些女人貨一下子就能吸引家庭主婦的眼球。街邊貨不會有甚麼太特別的貨色，不外是胸罩，內衣內褲，乍眼看去很別緻的絲巾、太陽帽、精緻小飾物。

然而，對於憂柴憂米，有時甚至陷於左支右絀困境的師奶，哪會需要甚麼特別的？也不過是價廉物美，就足夠吸引她們。排檔豎上一個紙牌，寫上很便宜的價錢，已夠號召力。

寶貝姐有做商販所需要的饒舌，卻也不叫人覺得過份聒噪。寶貝姐善於把她販賣的貨色宣傳得像寶貝似的：我賣的貨色便宜，可不是隨便的，街邊貨也有很好的東西，貨品就擺在你們眼前，摸得着，騙不了你們的。而且，我就在你們身邊，日日見口見面，就不怕騙了你們，被你們捶打嗎？

寶貝姐不論在神氣或服飾上，跟那些樸實的、謙卑的排檔檔主的反差實在是太明顯了。我雖年幼，卻都感到寶貝姐是個心高氣盛的女人，她的背後，到底有着一段怎樣特別的故事？

我對她的背景雖然一無所知，卻充滿幻想。或許她曾經是個叱吒風雲的人物，雖然落難街頭，仍不失有一番氣勢。

不知怎地，我有個感覺，寶貝姐的心性，跟父親有點相似。

寶貝姐的外貌，最好看的是她的骨架。

一個女人的骨架好，美人胚子的架子也就出來了。實在不見得寶貝姐有甚麼精心的保養，或過人的養生之道，卻硬是把別人費了畢生之力，都保持不住的美好身段，都保持了下來了。身段停留在二十來歲年紀時的身段，叫人看了只覺不可思議。腰肢堅挺，苗條，走起路來依然婀婀娜娜。背影最耐看，穿裙子固然有婀娜多姿美態，穿着牛仔褲，更把線條美凸顯無遺，渾圓的臀部結實地翹起，以美麗的弧度向纖細的腰肢彎了上去，偶一側身，豐滿的胸部成了美麗而性感的剪影，會讓路過的男人一呆，忘了走路。

真有哪個男人被吸引得走近來，希望把她的姿色看個清楚，卻百分之一百都要失望。只要再看看她的面龐，所有的好感就都瓦解了，變成反胃。

大概也是她的身段給了她太大的信心了，她在面龐上也銳意加工。

誰都知道，除了身材，面龐是一個愛美的女人的生命線呀！五十來歲的寶貝姐面龐其實也是得天獨厚，是女性都渴求的瓜子臉型。但上天再美好的禮物，不好好善待，也會造成災難，變得慘不忍睹。

寶貝姐不懂保護她的娟好面龐，後來更加失去了自知之明。即使在面龐還很中看的時候，仍不惜用濃妝，為的是把容顏保持得更好。

34、洪若秀(12)·父親做生意手法

寶貝姐這個女人，值得繼續拿來說說。我總以為，她年輕時，也許天生麗質。只是，不可避免的遲暮來臨，歲月帶來的皺紋讓面龐不再亮麗光滑，硬是要用化妝品來掩蓋。長時間的化學物質在無情侵蝕，最亮麗的膚色，臉上都要變得慘白，臉上都要出現坑坑窪窪。

寶貝姐的臉，記載着她的經歷，不是一般家庭主婦會經歷的。

我當時一個小女孩，就已懂得這樣細膩觀察，還懂得說出這一番大道理出來?當然都是我長大後的領悟。我確實牢牢地記住了寶貝姐這個很特別的女人，她確實對我產生了潛移默化的影響。在我年輕時那一段反叛、日蒲夜蒲的日子，我一度很醉心於化妝，原來我已在不知不覺之中受到了寶貝姐的影響。

她的作為，也特別。

一件偶發事件，讓我印象十分深刻。

我完全想不到，就是這位寶貝姐，與我父親合演了一齣鬧劇，整個過程很搞笑，但我卻笑不出來。

當然都是後來才會懂得這樣想：任何事情的發生，都帶着它的特徵。怎樣的事情，通常就會發生在怎樣人的身上。譬如這件事，發生在我父親跟寶貝姐之間，即便它是多麼奇妙，或者可以說多麼荒謬，都顯得順理成章。

那天，父親剛好在布疋攤檔，沒有到投注站那邊去，才有機會上演這場鬧劇。這件事情的發生，距離我父親來到布疋排檔，也不過是一、二個月的時間。

正值炎夏。炎熱會叫人昏昏欲睡。特別是像我父親這樣的肥人，睡相就顯得更加嚇人。他簡直是甚麼都不顧了，幾乎是躺直在那張偌大的躺椅上，要是有人把所有的布疋都搬走了，怕他還沒有醒轉過來。

正午時分，來了一名年輕的尼泊爾女子，到了布疋排檔就駐了足，顯然是想買東西。眼前的情況卻叫她不知所措，排檔不但沒有人招呼她，還有個打着呼嚕的男子擋住檔口。是不是中午暫停營業？但其他檔口照樣營業呀！

剛好看到冷眼旁觀的寶貝姐，就向她討教，怎樣才能夠把這個大男人弄醒呢？

寶貝姐就攛掇她，下死勁踢他一下。

「踢他？」女子以為自己聽錯了，睜大了眼睛，小小的舌頭伸了出來，雙手也跟着伸了出來，大力地搖着，似乎只是聽了這樣的建議，她已經犯了大逆不道的事，正在訴求原諒，嘴裏呼着：「不敢，不敢！」

寶貝姐給她的慌張樣子逗樂了。她說「你不踢他，他就一直睡，你永遠也買不到布料。就算你明天再來，也一樣遇到同樣的情況，他睡覺的時候多，你很難碰上他醒着的時候。你看，他的布料多好，你總想買吧！」

「是這樣做生意嗎？」尼泊爾女子迷惑了。

但很快尼泊爾小姐也給逗樂了，看見老闆真的睡死了，就做了個姿勢，說：「就這樣踢嗎？」說着就笑得彎下腰來，笑得岔了氣。然後，她退後了幾步，讓人以為她要蓄勢踢去，原來她的雙手又不斷地搖晃了起來。她是死都不敢碰這個老闆。

「我是不是你的朋友？」寶貝姐問。

「大姐，如果你覺得我可以做你的朋友，那麼，我恨不得有你這個朋友。但這有甚麼關係？」女子謙卑地回答着。

「我叫你踢他，總不會是要害你吧，朋友會害你嗎？你踢吧。」

這回，尼泊爾女子倒真的不知如何是好了。也不知道是從哪裏學來的，只見她雙手作揖，彎下腰來不斷鞠躬，大叫老闆不要玩我，這一下倒真的把寶貝姐笑得岔了氣。

「誰叫我是你的老闆，你不踢，我就替你踢吧。」寶貝姐的語音未落，已抬起腳來，對準大哥洪癱軟的雙腳踢了過去。

善良的尼泊爾女子大叫一聲，好像被踢中的就是她。她不敢想像的是，這位女老闆竟然真的踢了過去，而且還真的是那麼凶狠。但更叫她吃驚的是，女老闆在踢了人之後，還在開懷大笑，靜靜觀察着這位布疋排檔肥胖老闆的反應。

這個嗜睡肥佬，在他受到狠命一踢後，竟然沒有即時的反應，只見肥肉抖了一抖，然後又恢復了平靜。

「他又睡着了，他現在不會醒過來了。他到底甚麼時候才醒呢？他醒的時候我才來。」尼泊爾女子有點沮喪，要打退堂鼓了。她的確想不到，用了這樣的力道還是踢他不醒。

「你急甚麼，你不會稍等一下嗎？」

果然，肥佬的反應確是緩慢的，慢得叫人不敢相信。他的身體又動了一動，交叉在胸前的雙手也稍微移了移，頭微微地搖擺了一下，然後，他的雙眼微微張開。尼泊爾年輕女子驚叫了起來：「噢，大姐，他醒了，他真的醒了。」

「我會騙你嗎？」寶貝姐誇張地睜大了眼睛。

微微張開眼睛的父親，看見站在眼前穿着異國民族服裝的女子，知道就是他的顧客。這個顧客，這樣耐心地等待着他的醒來，那麼，這單生意算是做定了。他就一點也不着急，癱在躺椅上好一會兒，等自己的魂魄歸了位，才慢條斯理地扶着椅子上的扶手，慢慢地站了起來。

父親對顧客雖怠慢，很快就以其他方法把這種過失補救過來。憑的就是他和藹可親的表情。

我父親真要表達和藹可親的時候，很有辦法，在他懶散的姿態裏表現得淋漓盡致。他在睡眼惺忪中的笑容也最動人，有種像嬰孩般的無知，乍望下去，就誤以為是純真。

父親咕噥着，説着大家都聽不懂的話。尼泊爾女子以為這位大老闆是在罵她，又很緊張的打躬作揖，這一下子又把大家都惹笑了。父親用很慢很慢的語調對她説：「你應該讓我好好睡一覺，這個排檔又不是鎖着，中門大開，你自己進去還不就可以了嗎?你自己喜歡甚麼就只你一個人最清楚，等你自己選好了再叫醒我也不遲呀，是不是?」

大家都又笑了。

「做生意就是這樣嗎?」尼泊爾女子問。

「不這樣還能怎樣?」

「但如果我這樣做生意，父親肯定是會把我打死的。」

「你做我的乾女兒吧，我是不會打你的。」

這些話，聽起來都是瘋瘋癲癲，卻的確是我父親的作風。

第六幕

35、洪若秀(13)‧父親處世之道

我父親有一套處世方法，是他的護身法寶。

那是他的笑容。

父親的笑容不是發自內心，因而不可能具有笑容帶來的由衷、真誠和安祥。大致來說，父親的笑容總是潛藏着某些目的，因而父親的笑也從未為我帶來真正的快樂，因為得提防他，一要提防就辛苦了。

母親的笑讓我感到親近、有安全感。父親的笑給我帶來的感覺，恰恰相反。

父親一笑，雙眼就瞇成了一條線，這個笑相很特別，似是有意無意間，把他眼裏的醉意、睡意都隱瞞了起來，但稍一張開，又似把它們都暴露了出來。在這一合一張之間，失散的親和力卻很奇妙的，像變魔術一樣，凝聚在一起來了。

別人對我父親的看法，可能跟我很不一樣。

在別人看來，父親的一舉手一投足，包括他的笑容，都在突出他的性格特徵：無所謂，唔志在。

他確實不是個錙銖必較的人，在這樣的市井街市，再也適合不過。

顧客來了，父親有時還會把躺椅稍稍挪到一旁，讓出些少地方來，以示敬意，隨即露出含糊的笑，微微點了點頭，閒閒地問了一句，靚女有乜幫襯？然後，稍為抬了抬手，讓來客自己進去看看有甚麼喜歡的。

做不做得成交易，他無所謂。那副神氣告訴你，三餐也不是靠此。

來客在裏面鬧翻了天，他無所謂。

有時，客人還中了一塊布料，他可能已經睡着了。

顧客在布疋堆裏鬧翻了天，布料散開了，事後有人去料理，把布疋重新捲起來，歸於原位嗎？要大哥洪來整理一番，那簡直妙想天開。所以父親來了不久，布疋已像一個垃圾堆。

正常的有心幫襯的顧客一看，心都冷了一截。布料都成了次貨了。

母親看了這種情況，看傻了眼，最初還會把布疋一匹一匹整理好，滿額大汗，後來看到又恢復了垃圾堆的原狀。不再整理了，只呆在那裏，明白她再用心，都是白費。她的一番心血呀，投入的金錢也不少。

只聽街邊的閒言閒語，也足以讓我明白，父親年輕時，跟很多女人糾纏不清。他一到了布疋檔，很快就發現，這是一門主要與女人打交道的生意。

以前他打交道的女人，籠統來説，是浪漫的，是可以打情罵俏尋開心的。現在遇上的，大都是煩人的，難纏的師奶。她們不但已經沒有了半點浪漫，而且很講求實際，很可能會為一蚊幾毫而糾纏不清，幾乎讓我父親有種蒙羞的感覺，我想我父親可能在暗歎：我大哥洪就淪落至此？

最大分別大概在於，以前他是付錢的大爺，現在剛好反過來，他要賺女人錢。賺女人錢？除非自己化身為化妝品，不然，如何去賺呢？

既然已真的淪落至此，我父親也懂得改變策略，他那份「無所謂」的輕巧處世之道，就大派用場，凡事都可以大大咧咧的大而化之，把很多細節都略去，不讓自己糾纏其中。

這種策略，倒也真的讓師奶們奈他不得。表面看來是奈他不得，其實內心是高興得很。竟然有這樣做生意的男人。

就是那些最難纏的師奶，也休想纏得住他。你不是要貪那一蚊幾毫的小便宜嗎？有甚麼了不得的？給就給了。

父親這樣做生意，難以指望為家計帶來甚麼幫補。

布疋變成了垃圾堆，也就只好任人殺價。當然不會再批入新的布疋，原有的布疋在賤賣後，愈賣愈少。原來還有點生氣的布疋檔，逐漸變成了廢墟。父親不嫌棄，反而覺得是個安樂窩，因為來煩他的顧客愈來愈少了。但有了這個排檔，他也不算無所事事。要他結束業務，返回家裏，他反而不自在了。

有好多年，我跟父親日夕相處，但我對他的內心世界，一點都不了解。有這樣不負責的男人嗎？有個女兒在身邊，他就沒有想過要養育？

任何作為女兒的，有可能了解這樣的父親嗎？

奇怪的是，我對父親的怨恨不明顯，那種感覺，是種對外人的感覺。但對母親，真的生了怨恨的感覺。她把我丟給一個這樣不負責的父親。

36、陳芳雨(3)・母女關係

我是若秀的女兒。

我看見她憶述小時候在街邊溫習功課的情景，我不禁想起我在春秧街的一個排檔，也看見過這麼一個做着功課的小女孩。

不同的是，這個小女孩有個母親陪着。

下午三、四點時分，心血來潮，我也會來春秧街逛逛。正是春秧街最為悠閒的時刻，行人和買餸的人都明顯少了。

在一個買賣服裝的排檔前，一個八、九歲的小女孩用一個木箱作為書枱，埋首做着功課。偌大的街市成了一個孩子的溫書室，未免太大了，各種市聲從四面八方湧了來，有的甚至是呼然巨響突然而至；但小女孩一直都能安然若素，做功課時甚至認真到了入神的程度，就像久經槍林彈雨的戰士。是習慣了嗎？即便是習慣了的原因，這種不受環境干擾的本領，也是很大的了。

這份安然，可能都是因為有個母親在身邊的緣故。

我想，在小女孩聽來，母親的聲音是怎樣的呢？無論這把聲音是沙啞的、蒼老的，甚至是漫不經心的，都是最親切的，最溫馨的，最有力量的，都是像守護神的一把聲音，守護着她。母親的聲音不必是專門對着她，母親的聲音可以是叫賣聲，可以是跟客人的討價還價聲，但都一樣，在小女孩聽來，都是母親的聲音。有了這把聲音，就知道母親就在身邊，就甚麼都不缺了。

小女孩坐在一張矮凳上，面對木箱上的功課，在專注中，時不時也顯出了苦惱，有時還會放下筆來，搔着腦袋，像是要把藏匿起來的，跟她捉迷藏的智力挖出來。我知道得很清楚，現在即使連小學生的功課也愈來愈難。這需要孩子的智力跟上。有點跟我緊跟母親的腳步相似，稍為不留神就跟不上了。

我較為幸運，在相當長的一段時間裏，都有若美這個小姨媽全心全意的陪伴。人在弱小的時候，就需要別人的陪伴，提供及時的幫忙。

小女孩在作業上，擦了一次又一次，那麼她是還沒有把問題解決了？我真想過去張望一下，真的還沒有解決嗎？

小女孩總是會得到及時的慰問。

母親再忙，時不時也會探頭張望一下女兒，問一、二句漫不經心，不痛不癢的話，女兒有時抬頭望望媽，回答幾句，有時沒有。

這就是流逝無聲的日子，尋常人家的孩子就是這樣不急不躁地成長了起來。母親的錢是一文幾毫賺回來的，女兒的知識是一點一滴積累起來的，都是不容易的，但都很平和，很踏實。不必在金融市場的大起大跌中狂喜和絕望，也不會去追求浮華世界的吃喝玩樂，就守着這街市的一角，所有一切，都是一種純粹的平穩成長，以及耐心的等待。

我為甚麼終究沒有和這個小女孩打交道，做個朋友呢？或許就是因為害怕破壞她的安寧。最好的成長就是這樣，面對困難，就很耐心地去克服。

對於這對母女，其實也可以說，對於每個人來說，幸福是需要等待的，這個追求過程雖是艱難，走的每一步卻都很踏實，在心底是自在的。

我稍為了解我母親了，我母親就是嚮往這樣的日子吧！如果外婆能夠像守護神那樣，長期穩定地守在我母親身邊，不受任何干擾，她也是會健康成長吧，縱使是在大街上。

後來，有一大段日子，我太忙了，沒有去。再去時，發現那個小女孩已不見了。也許她已找到另一個新的大天地。她上中學了，不必留在街上了。然後，繼續努力，就會上大學了。之後，就會更有能力追求自己的未來。

希望就是這樣孕育着，而且實現着。

我想着作為母女，最理想的狀態就是這樣嗎？

很多人都是這樣説的，自然會傳到我的耳裏，我母親一定也聽説過，卻沒有甚麼特別反應，不過我覺得，我們母女的關係親近得多了。我相信天下母親都一樣，不會嫌棄一個乖巧的女兒。是有這樣的説法，芳雨真是一個愛的天使，要是沒有她，她的母親若秀會變成怎樣呢？

大家一致認為，我母親在飽受了人生挫敗後，整個人都給毀了；變得做事沒有主見，沒有計劃，隨波逐流，遇事只煩躁，繼而六神無主。沒有這個精靈、乖巧、善良的女兒芳雨，若秀很可能早就整個都垮了，再也沒有了站起來的機會。

很多人驚歎地説，芳雨的成長過程中，與其説是母親在疼惜女兒，毋寧説，是女兒無時無刻都在疼惜着母親。

很多人都是這樣説的，小時候，一見到母親，芳雨就會抱着母親的腰肢，昂起頭來；看着疲累、憂愁、經常又是滿臉沮喪的母親，露出無限憐愛，溫柔地叫了聲媽，問一聲，媽，你很累嗎？別的母親，聽到小女孩的噓寒問暖，整顆心都會融掉了。若秀不同，覺得小女孩是在纏着她，已分不清甚麼是體貼，很不耐煩地把小芳雨推開。但畢竟芳雨有種對母親的憐愛，終究讓母親感受到了。

很多人都是這樣説的，隨着歲月流逝，芳雨換了個體貼母親的方式，摟着母親的肩膀，在她的髮際輕輕吻了一下，仔細觀察母親的面容。要是母親的氣息稍差了點，就會問：「媽你怎樣了?」語氣還是噓寒問暖，只是人成熟多一點了，更加讓人感到她對母親關懷的真摯。後來連做母親的沒有她這一番問候，就像缺少了甚麼似的不安。

很多人都是這樣説的，芳雨長得比母親高了，依然會摟抱着母親，那個模樣倒更像個母親了。要是芳雨對她母親撒嬌，也是專為討母親歡心而撒嬌，而不是惹母親的煩。

大凡家裏出了這樣的乖女兒，家裏一切都會上了軌道，朝好的方面發展，連父母都不敢輕易胡亂造次了。

不是父母，而是芳雨成了家庭的精神支柱，有了她，一切都變得溫馨而亮麗。芳雨為母親若秀賺盡了顏臉，要説若秀後來開始有了點自信，是她的女兒給的。芳雨是她的補品，是為一個體弱多病的家庭特製的補劑。

很多人都是這樣説的，我也相信了。

這樣做好嗎?也許愛真的需要互補，一個家庭才會好起來。

37、陳芳雨 (4)・母親的心靈創傷

我一直記得母親說過的一句話，她說：一個人還沒有絲毫自主力量的時候，生在怎樣的環境，那個環境就主宰了你的命運了。我聽得出，這是一句多麼傷感的話，母親怎會說出這句話來呢？

我覺得母親真的傷得很重。最重要的是，傷的是心靈上的。要康復就變得較難了。

就如某些人身體上貧血，就需要補充些鐵質。母親心靈上的創傷，需要愛的滋潤；但有一段相當長的時期，母親的心靈有極強的抗藥性，除了女兒的愛她稍為接納，其他的愛她都抗拒。

我無法知道，母親是從甚麼時候開始，就恍如一座火山，她只能沉默。要是她忍不住沉默而爆發了，就會為最接近她的人，帶來毀滅性的災難。

我記憶裏最深刻的印象，是小時候母親帶着我到春秧街市買餸。我時時刻刻都要緊跟着母親，心慌地扯着母親的衫尾，成了我小時候的一種特訓，想不到這種技能，讓我終生受用，我習慣了無論甚麼事，在任何情況下，都要緊緊跟上。連讀書成績也是一樣。幸好我是讀書的料。

母親的腳步總是很急促。即使母親在某個檔口停住了，我都不敢半點怠慢，母親隨時都會像發動機一般，再次邁開她急促的腳伐，我必須趕上。我不知道，要是我跟不上母親，會有甚麼後果。母親真的把我弄失了，她會慌張嗎？我時常有這樣的疑惑。我是她的獨生女兒呀！

我從小就身手敏捷，加上這種特訓，從未走失掉。

我對母親的認識，就是從她的腳後跟開始。母親的腳後跟，露出了母親的大部分特徵。我在母親的那雙僵硬、毫無表情的腳後跟，看到了母親的困窘、愁苦、一籌莫展。

更重要的是，我看出了我給母親帶來的負累。

確實，我感到我外婆秀美最疼惜我。她疼惜我還來不及，怎麼會有負累的感覺。

我母親仍不知道應該疼惜我。

有一次，外婆在市街，無意中，看見母親這樣自己只顧自己急急走路，全然不顧我，慌忙趕了過來，以哀求的口吻對她的女兒說，你不能這樣把芳雨丟在後面。一個小女孩那麼辛苦緊跟着你，要是出了甚麼意外，怎麼辦呢？你也不是不知道，春秧街市人多車多。車輛總是緊貼着人行駛，那些貨車，趕時間落貨，可不會理會別人，電車更加是龐然大物。

母親也顧不了我就在她跟前，幾乎以一種吼叫的聲調，對着外婆搶白：「你不是也這樣照顧我嗎？不是從來也不怕出了甚麼意外嗎？不是也把我丟在街上，甚麼都不管嗎？是你教我怎樣帶女兒呀！」

外婆聽了母親的話，呆在那裏，啞口無言，臉色變得愈來愈蒼白。母親可不理，轉身就走，我慌忙邁開小腳板緊跟着她。

等我終於拉住了母親的衫尾，因擔心着外婆，回頭張望了一下，只見外婆也在急急地邁着步伐，跟在後頭，叫喊着：「阿秀，不要這樣，看着阿雨。」

看到我終於扯住了母親的衫尾，外婆才停了下來，用手背抹着雙眼。外婆抹着眼淚的身影，在我的記憶裏也很深刻。

那個時候，我也跟着外婆一起流淚，但我怕母親看見我這樣會生氣，會更加惹起她的怒火，也不敢抹眼淚，變得模糊的視野裏，只看見母親的腳後跟邁得更加急促，更加張牙舞爪，好像在跟我說：「哭！哭甚麼，有甚麼好哭。還不快點跟上，母親不要你了。」

親人之間要是有了隔膜，那是很痛的。世間除了親人，還有誰會更真心愛護你呢？

外婆真的很疼惜我。在我的成長過程中，要不是有了她的照顧，我的命運也許是另一個樣子？外婆為人慈祥，善解人意，對待別人尚且如此，對着自己的外孫女，當然恨不得整個心都掏出來了。

外婆雖然性情溫柔，為人卻很堅毅，這一點，我看得很清楚。

我愛我外婆，我是不是也愛母親？我有時會感到我憐憫母親，多過愛。這讓我很揪心。後來，我對晚境也很潦倒的外公，只有憐憫，似乎找不到愛了。

我聽到鄰居談及我時，說的一句很叫我印象深刻的話，她說，芳雨是上天為她的苦命母親派來的小天使。

關鍵的一句是命苦。

我不知怎地，覺得母親真的很命苦。

我對曾外婆充滿懷念，但在親人中，我最不熟悉的，就是她了。

關於我跟親人的關係，其實最值得提起的是我的曾外婆，她的名字叫做蔡烏願。我第一次聽到這個名字感到很奇怪，怎樣中間會有個「烏」字呢？一聽就感到這是個代表古老的名字，現代人是絕對不會起這樣的名字的。

當然，我的名字也可能會很特別，母親曾經要把我的名字改為「風雨」。

我的名字要是真的叫「風雨」，也許會不期然叫人聯想起，這背後應該有個特別的故事。

由於在一段相當長的日子裏，母親不願意跟外婆來往，我就無緣見到曾外婆，對我來説，這是很遺憾的事。我第一次見到的曾外婆，已很衰老了。她是在香港衍生我們這一家族的開山祖師，對我來説，有着傳奇色彩。曾外婆吃過的苦是最多的。當然，外婆和母親都吃過很多苦，但再怎樣，都不及曾外婆多。

好像是外婆帶我去見曾外婆的。她坐在廳裏的梳化上，不大動。

過了不久，曾外婆就去世了。在靈堂上，我看到外婆哭得很傷心。這是我第一次經歷過生離死別。

人生就是這樣嗎？我初次感受到，親情很重要。

38、宋若美(3)·父女偶遇

我喜歡生活某些具代表性的片刻。我時常感到，一個片刻，更能反映生命的實質。我下面要講的這個片刻，就是這麼一個典型的片刻，讓我深刻認識到，比起我同母異父的姐姐若秀，我真的幸福得多。由於有了這個認識，我更加珍惜這位姐姐。

在這麼一個片刻，我第一次見到了若秀的父親。一個我久聞其名的人。

因為跟若秀在一起，我才有機會認識他。不然，就是在街上遇上，也不過是陌生人一名。

我們姊妹在街上走着，大概是相約去買些甚麼東西。陽光燦爛的週末下午，兩姊妹有講有笑。

我們姊妹兩人談得太投入了，以至有個男人擋住了去路，都渾然不覺，直至已迫在眼前，才都不得不停下腳步來。

是個老人。

我確實有點驚訝，不太明白這麼一個老人會這麼橫在眼前，不過，若秀的反應卻是木然的。

這個老人，其實也很一般，是市井常見的老人。

看得仔細點兒，其實也有點分別。

這個老人，除了受到歲月的侵蝕外，明顯也是因為不懂得養生，或因為生活上的放縱，早已放棄養生之道，身體早已被糟蹋得難看不堪。這個老人迫得那麼近，口腔濃烈的煙、酒味已撲鼻而來。

很誇張的凸出的肚腩，彷彿要掙脱皮帶的束縛，而皮帶卻又像個很盡責的母親，硬是不讓它放縱，勒住肚腩。縱使整個人的腳步已經停了下來，肚腩和皮帶依然在互相拉扯着，肚皮在抖動，就像一個扭計的孩子，那是這個人依然在喘着粗氣的緣故。一件灰黑色襯衫，蓋住了肚腩，像是遮住了一件不想讓人看到的東西。然而欲蓋彌彰，衣角在街風的吹拂下，露出了半截蒼白衰老的肚皮，衣冠不整，一副窮困潦倒的樣子就流露了出來。

挺着一個偌大肚子，就有了負荷。因而，即使他站定了，也給了人不穩的感覺，走路時，那副樣子應該是踉蹌的。

撲鼻而來的濃烈煙酒味，當然也是氣喘的緣故，污濁的氣味噴得又急又濃烈。

一張衰老的臉迫在眼前，就像放在顯微鏡下，顯得特別清楚。頭髮蓬鬆，就像冬日枯草，已荒漠得不成氣候。固然已禿頂，雙鬢的頭髮也是稀疏而且灰白。那雙混濁而失神的眼睛，突然變得慌亂，在慌亂中，卻又不忘流露了意外的驚喜，無法掩飾的慈愛從小小的眼睛顯露出來，太多突發的情感泛濫，盛都盛不住了，最後變成了承受不了的沉重。

所以說，橫在我們姊妹兩人眼前的這位老人，就不會是陌生人了。

「阿秀。」嗓音沙啞，很蒼老，像從老遠的地方傳來。

不必我太費勁去猜，只需要聽到這位老人呼叫「阿秀」那慈祥而殷切的聲調，就會明白他的身份了，不是父親，還會是誰？

一對父女，要是關係不正常，生活裏的一切都會變調，原來就是這個樣子。

我看見若秀冷不防面對父親，想說些甚麼，卻說不出來。是想叫一聲「爸」吧，作為一種出於親情的本能，對方是親父，都要叫一聲，可是話梗在喉嚨間，就是說不出來，於是就低下了頭。低下了頭之後，又抬起頭來，眼神裏已含着了一種近乎憐憫的東西。

為甚麼在這樣的時候，若秀的神情裏會有憐憫的東西？是我理解錯了嗎？但當時似乎有一種想法閃過我的腦際，若秀是在為自己和父親感到憐憫，一對親父女，怎麼把氣氛搞得這麼僵？但這個想法來去得這麼快，以至我也懷疑這樣的想法是否真的曾在我的腦際閃過。

我再怎麼不懂得處理人與人之間的關係，此時也懂得把自己臉上的陌生表情，轉換為笑意，這種可愛的笑意馬上紓緩三人之間的尷尬氣氛。

下午的陽光很溫暖，給人很舒服的感覺。好像是可以把任何又冷又硬的東西都融化，變得又溫暖，又讓人眷戀。沒有甚麼是改變不了的。

原來我們就站在一間茶餐廳前。茶餐廳的玻璃門時開時關，加上來來往往的行人，三個人呆立着，就有點阻礙行人了。

父親面露喜色，說：「阿秀，我們進去喝杯茶。」

若秀父親沙啞而蒼老的聲調裏，帶着了無限溫柔，有種叫人不忍拒絕的效果。

若秀默默地點了點頭，卻始終沒有說出一句話來。

39、宋若美 (4)・無邊的落寞

我們一行人走進茶餐廳，找了卡座位，我們兩姊妹坐在一邊，若秀父親坐在另一邊。若秀父親一坐下來，就處處盡量展現他的殷勤，看着菜單，問要不要這款呢，還是那款，若秀只一直默默地點頭，甚麼都好。最後我要了一份西多士和一杯奶茶，若秀也就要了同樣的東西。

在這麼的場合，這樣的氣氛，看來若秀無論吃甚麼都不會有甚麼味道。吃甚麼原是最好的話題。它原是可以作為熱身，打開話匣子。但是，話題很快就無以為繼了。我對人情世故的那點認識，肯定的是完全無法應付這樣的場面。縱使我想打圓場，還沒有那樣的世故和技巧。

我能理解，若秀跟她父親之間，有太多話題都說不得了，話一出口，都要碰到傷口。因為已經有了很不堪的往事，現在作為父親的，即使是使用了很體貼的、噓寒問暖的話，都會讓人想起以往剛好相反的情況，那些曾經有過的冷漠。有這種經歷的兩個人相處在一起，心會熱起來嗎？毋寧說，都是一種折磨。

當愛已變了模樣，想用愛去修補裂縫，已修補不來，這其實是很可怕的事。

這樣的遺憾，必然是終身的了。

下午茶吃完了，我們三個人走出茶餐廳，陽光依然暖暖地照着街道。三個人站在街上，時間被甚麼拉長了。這個時候，我瞥見若秀父親的雙眼，又明顯露出了相當落寞的神色，幾乎是隨着時間一分一秒的過去而在加重。

好像是盛事過完後的落寞，而以後再也沒有舉行的可能。

若秀父親並沒有提出再見的願望，他大概是想提的，但是躊躇，到了最後就沒有提了。他大概也感到，跟女兒見面，只能靠偶遇，唯有期望一個幸運的機會了。

分別時就是這樣淡淡的，若秀仍然沒有説話，也沒有回頭去望一望父親。若秀在這次父女偶遇所表現出來的，是不是足夠顯示了她的決絕？叫一聲「爸爸」，原來已變成了愈來愈沉重的事，恐怕此生，不一定就會叫得出來吧。

我拖着若秀的手，回頭望。若秀父親踽踽獨行的身影，果然出現在我眼前，他也果然回頭望，他的無邊落寞，更加無邊了。

不知怎地，我那緊拖着若秀的手突然換了位置，在她的肩膀上用力，摟抱了過來，用面頰緊貼着她的面頰，在她耳畔柔聲地說：「你以後一定會很快樂幸福，有了很可愛的芳雨在身邊，一定會的。」

我覺得，我必要安慰一下若秀。若秀果然不顧在人來人往的街上，轉身伏在我的肩上，痛哭起來。

人的情感有時真的會很哀傷。

第七幕

40、李芳紅 (3)・我和秀美的結緣

我跟秀美雖然是在同一個族群圈子裏生活，但並非自小一起長大。我們的偶遇完全是因為一次意外。但這次偶遇是我人生一個很關鍵的片刻，沒有這次偶遇，我的人生恐怕會完全不同。

我們的故事，開始於街市那天下午三點來鐘。

此時的街市雖然沒有早晨和黃昏兩個時段的擠迫，卻也是人來人往的。我像平時一般，埋首打掃街道，偶一抬起頭來，剛好看見不遠處有個人掉了錢包。

我立即大聲叫喊：「掉咗嘢啦。」

在街市這樣人聲、車聲、各種雜亂聲，像在一隻鑊裏把各種食料炒在一起的地方，掉了錢包的人聽不到我的叫喊不奇怪。我趕上幾步，拾起錢包，依然大聲叫着。但對方還是沒有聽見，而且愈叫愈走，似乎為了甚麼急事，步伐急促，我不得不放下手上的掃帚，跑動起來，追到街尾，才算追上了。

那時，我戴着口罩，憑着一雙眼睛，把秀美的表情看得一清二楚。秀美先是驚愕，然後是驚喜，最後是感激，她的全部表情從她那張很秀麗的臉龐上流露了出來，我覺得就像看了一部很精

彩的電影裏一個秀麗女主角的出色表演。非常真情。我想，幸虧戴上了口罩，不然，我的那張憔悴、疲累不堪的臉，跟這張標緻的臉對照，真要無地自容。

後來我問秀美，怎麼會把錢都丟了呢？這麼失神！

秀美經營的粥麵店當時正處於草創階段，千頭萬緒，真的讓她焦頭爛額。錢包裏有好幾千塊錢，是那天她準備付帳用的，數目是不少了。這筆錢遺失了的話，在她當時處處都需要錢的境況下，絕對是沉重打擊。當有人這樣善良，追着她把遺失了的錢包交還，一定感到簡直是佛祖顯靈，不忍心看她受到重挫，派個善心人來幫她。秀美説，經過此事，驚覺到，她不能再這麼慌張了，萬事起頭難，要是任由自己再這樣六神無主下去，事情只會愈辦愈失敗。

秀美後來説，有這麼一個好心人，氣喘吁吁地追着她，比追着她討債還要緊張，這是個怎樣的人？太好人了，自然要好好看一看的。

秀美只能看到我的一雙眼睛，我只能從她的表情，猜想她當時想了些甚麼。秀美的笑容慢慢地流露出來，好像要經過思考，才能確認，面對的這個人，不必看得太多，即便只看到一雙眼睛，也就足夠了。只消看一眼，就喜歡這雙眼睛。這個人的一雙眼睛，已可以代表她的一切。並不是因為這雙眼睛的主人拾金不昧才喜歡，而是眼睛所流露的柔和神情。大概是生活的折磨，眼神裏的光芒都給磨蝕了很多，但那裏面的善良一點也沒有減少。

這樣的眼神是不是跟自己有點相似呢？都顯得疲累，有點憂愁，但很善良。

秀美只有這樣想着，才會想着要來拉住我的手，只是我卻似出乎本能地把手縮了回來。

「我的手骯髒呀。你看不見嗎？」我說。

秀美聽了這話，又笑了起來，那麼，我更要握你的手了。哪裏會骯髒呢？你比誰都乾淨。只要我覺得你乾淨就行。讓我擁抱你一下。

我以為我們的緣份到此為止。想不到，翌日早晨，只見秀美瘋了一般跑過來，不由分說，緊緊地把我抓住，怎也不放，好像怕我逃跑一般。我確實被嚇着了。當時浮上腦海裏的只有一個念頭：是不是那天我撿到的錢，她發現少了，就來找我晦氣？這就真的很冤枉了。好心無好報嗎？真是水洗都洗不清了。

只是下一刻，秀美卻笑得喘不過氣來。她說：「我嚇着你了，但我總算把你抓住了。」

秀美說，你這樣一個誠實、溫柔、善良、踏實、認真、勤奮的人，是上天特別給我帶來的呀，我怎麼就忽視了呢，怎麼不在當時就緊緊地抓住你不放呢？讓我們以後一起拍檔，你一定肯幫我。是嗎？

我一生都相信，秀美邀請我到她的粥麵檔做事，就像向在苦海裏載浮載沉的我拋出救生圈，把我拉上岸。對我來說，她也是上帝特別給我帶來的大好人呀！

生活早已把我弄得像頭驚弓鳥，老實說，我當時的生活環境很惡劣，因了秀美，終於可以飛到一個安全的雀巢。

人是需要溫暖的，特別是受過寒冷侵襲的人。

我到了秀美的粥麵店，經過宋平親自指導，成了秀美得力助手。口碑漸漸就出來了，說是秀記粥麵店如果沒有了我製作的腸粉，就失色很多了。說這個手藝可不是吹出來的，即叫即做，整個製作過程就在大家的眼皮底下進行，真材實料，包括食材和手藝，哪裏容得了半點虛假？我發揮了所長，人間就是有這樣美滿的事。

我跟秀美相處，愈來愈似姊姊，肝膽相照的感覺很好。我感慨萬千，但不知該如何表達。我感到最切身的一點是，自己不懂得掌握命運，我的丈夫陳可建也不懂掌握自己的命運，秀美卻懂得。在她掌握自己的命運後，也幫助了我掌握自己的命運。

為甚麼我會覺得這是最好的人呢？因為我體悟到，任何社會，都有一套隱了形的制度，它使大多數人，特別是無助的人失去掌握命運的能力，這樣，他們才能成為砧板上的肉，任由屠宰。

真相是不是這樣？我自己的經歷，就是有這樣強烈的感覺。

41、李芳紅 (4)·廚師阿海

秀美經營「秀記」粥麵店，確實遇上很大困難。

估計不足的是，最大難題在於人事。

開創時，店裏煲粥炒麵的素質，全靠一位叫阿海的廚師。

阿海向秀美拍過心口，誇下海口，說是一切都包在他身上。秀美相信了他。

也許阿海真的是盡了全力了。當然，「盡全力」的含意，是阿海按照他自己的標準來計算的。

阿海是個典型的市井人物，隨便在街道的那個角落，都能找到他的影子。

那就是說，這樣的人物，通常對生活不抱有任何希望，卻也不會感到甚麼絕望。他們大都經歷苦澀的人生境況，生活經歷養成了他們一套生活方式，一種人生觀，那就是，一切都無謂去爭取了。這樣的心態，就讓他們不免活得懶散，甚至連自己的容貌和裝束都不介意了，好像都不是他們的。

就這樣說吧，要是粥麵店真的規定員工要穿着制服，整潔的白色制服上慢慢地就會變得污點處處、皺巴巴的，與整個人的精神面貌都很配襯。隨時都有一根煙叼在嘴上，即使是在煲粥炒麵的時候。不能期望他們有甚麼長進了，就如他們也沒有期望過日子會有甚麼太出人意表的轉機。手停口停的日子隨時都會降臨，不抱這樣的生活態度，還能怎樣呢？

他們每天開鋪，擺椅擺枱，招呼客人，抹枱，日子有無限的多，也有無限的長，每天的活兒也無限多，而且是例牌的，生活態度因而變得例牌。每天開工，做該做的事，不得罪人，卻也不期望有甚麼熱情了。要是還有一點餘閒，刨刨馬經波經，閒談時說那麼兩句粗口，都是屬於尋常日子裏最起碼的，其實是很低微的享受。

市井大眾都認同了這是最正常的日子，因為他們自己就是這樣。但秀美以她素來的進取性情，心裏未免失望了。秀美給了阿海多出市價三成的人工，是因為她對他有期望，可是日子過下來，阿海的表現也只是得過且過，想着這樣將就下去，不免心灰意冷，也不知該如何收拾已然出現的殘局。

然而更差的情況出現了。

阿海賭得失控，借了貴利，最後不得不躲匿了起來，不告而別，店務無人理，連打電話都找不到他。秀美那時是最六神無主的時候。

在萬念俱灰之時，又有了輕鬆的感覺。她把阿海這個大包袱給拋掉了。如果阿海依然在，秀美不好意思解僱，他的吊兒郎當只會變本加厲，她該怎辦呢？

做人難就是這樣。

秀美珍惜我，大概就是因為她有這樣的經歷。能夠一起拍住上的人，難以找到。

42、李芳紅 (5)・一個關鍵性人物

就在秀美經營粥麵店進退兩難，最徬徨無措的時候，決定成敗的一個關鍵人物出現了。

對於秀美來説，這也算是個偶遇事件，是她人生裏的一個關鍵性片刻，相信她也會同意。有沒有這個片刻，對她的一生，有着迥然不同影響。

那天下午，秀美到街市辦點事，心事重重，只顧低着頭走路。一個人在最失神的時候，怕只有突然而來的行雷閃電，才會把她驚醒。

不知怎地，秀美突然抬起頭來。在街市的人叢中，看到了一個似曾相識的身影，向她的這個方向走來。最先見到的是他的平頭裝，然後是平頭裝下很和善的面龐。

秀美驚喜得呆住了。

只不過是一眨眼之間，人已到了跟前。出於一種不能失去機會的本能，秀美連忙叫了聲：

「你不是平哥嗎？」

手裏提着幾袋蔬果的宋平昂起頭來，神色顯示他在奇怪怎麼會有一把這麼親切的聲音在呼喚自己。再聽到另一聲「平哥」，循聲望去，看清對方了，是一名陌生女子叫住自己，自然流露的

笑容不免帶着了疑惑。但叫得出「平哥」，就不可能是完全陌生。

宋平瞬間流露的神色，秀美立即明白，當初她認識他時，是在一個以他為主角的場合，人數眾多，他沒有可能會對自己留下甚麼印象的。

在這瞬間，秀美對他的印象更深了，一副牛記笠記，腳趿拖鞋的普通住家男人的裝束，在芸芸眾生裏，無法想像，他是一個女人很想遇上的男人。

秀美連忙把她在溫記美食店認識他的事說了一回。

宋平的笑容逐漸擴散開來。不知道他是否真的記起了甚麼，說起來，那不過也是個很尋常的場合。

在這樣擠迫的街市，也不容秀美有半點猶豫，縱使有甚麼客套話，也待以後有機會才說了，她知道對宋平可以直話直說，於是連忙說：「我在市政大樓熟食中心搞了間小小的粥麵店，你是大廚，一有空一定要來坐坐，給我指點指點。」

秀美感到她沒有說出事情的重點，她的情況是緊急的，她應該把這一點強調出來。照她這樣說，倒像是客套話，表達不了她的緊急性。

她極其緊張地留意着對方的反應。如果他的反應淡然，客套地回應幾句，也是正常的，但她卻沒有指望了。

秀美留意到，宋平明顯流露出為朋友高興的神態，看得出他是關懷的。反應的熱烈遠超乎秀美的預期。她的勇氣大增，把想說的話，說得更明白了。

「就是秀記粥麵店，在三樓熟食中心，不難找，有空你一定要來。搞粥麵店，膽粗粗，以為很容易做，真的做了就手忙腳亂了。」秀美說。

「是不容易，憑誰遇上，都會搞得雞毛鴨血。」宋平溫和地笑着。這樣的笑會把一個人的焦慮情緒緩和了很多。

「那麼，你是會來給我提點一下了？」

「別這麼客氣，我哪有資格提點，」說了這句話，看到了秀美睜大了眼睛，既是殷切的期待，又像是心沉了一下，連忙加了一句：「我倒是聽過大師傅的指點，對經營粥麵店確實很有用。我一定去拜訪貴店的。」

看到秀美透過一口氣來的笑容，宋平再肯定的點了點頭。手裏因為提着東西，不能舉起來揮手，但他還是把手略為提了提。

秀美想不到宋平臨走還加了一句，當然是開玩笑性質的。

「要是知道你經營粥麵店，我就參股了。」

「真的是這樣，恨不得哩！」秀美很雀躍，是真心話。

一對男女約會，雙方必然會忐忑不安，都會想，對方會不會如約赴會？

秀美的感覺就是這樣，其實宋平在兩天後就來了，而且不是只呆了一會兒，而是呆了一整天。

但秀美已經有了望穿秋水之苦。一個人對一個人、一件事寄望太殷切的時候，情緒波動就會這樣。

宋平確實發現粥麵店很多問題，幾乎每天都會，看來真的在努力擠時間，真心要幫秀美。有時，很晚了都來，建議怎樣把食物的質素提高。

43、李芳紅（6）・宋平與秀美的邂逅

宋平是秀美到了「溫記」美食店打工時邂逅的，因而，可以說，「溫記」美食店成了她的一個極重要的人生轉捩點。關於她為甚麼會去「溫記」美食店打工，她跟我說了很多。她說，這是她在人生困境中的一個可說別無選擇的選擇，想不到的是無心插柳，收穫到的卻是柳成蔭。

秀美和宋平的戀愛，過程毫無浪漫可言，反而，一個已婚女子在營生的困境中，哪裏還會有半點戀愛的心思？但在困境中，卻有機會見到真情，一生了真情，就不得了了，愛情就很真了。

「溫記」美食店所提供的美食，實際上是家鄉美食，有很濃厚的家鄉味道，有一批固定的捧場客，生意維持得來，所以店鋪也選在冷靜的位置，租金便宜。

「溫記」美食店有個經營特色，在晚上八點打烊後，要是有賓客要求，會特設宴席一、兩圍。如果賓客要辦富有特色的家鄉菜，有老闆娘壓陣，一手策劃，包管滿意。要是賓客即興，自己帶來材料做主菜，由大廚主理，也可以弄得熱熱鬧鬧的。

會有哪些主顧呢？舉個例子，要是有南洋番客來香港探親，不會到大酒樓擺酒，往往不會嫌

棄「溫記」美食店門面的簡陋，這樣的晚宴確實往往更加精彩，更加盡興。外面的街上早已烏燈暗火，「溫記」的燈光，就顯得更熱鬧明亮。

那晚，溫記主廚剛有事，老闆娘特別情商宋平來客串。那晚，酒酣耳熱的賓客大感滿意，表示以後一定再來，把老闆娘逗得合不攏嘴。

賓客要求給介紹一下這一晚的主廚。

宋平就這樣出場了。

秀美就此對宋平留下了第一個印象。

作為女人，有一點我很清楚：女人觀察男人，都存在於潛意識。一個女人不管有心無心，都會注意到她心裏最關心的事。

我從秀美的片言隻語裏，看到當時宋平的樣子，後來看到了他的真人，也沒有甚麼大的改變。後來我取笑秀美，説你看人也真是很仔細呀！

秀美落落大方，輕輕鬆鬆回答：「這有甚麼大不了。你連自己的如意郎君看都不看一眼，就嫁給了他，原來你對他這麼有信心，貨也不驗一下，就簽收下了。是怕這樣的好貨給人家搶了嗎？」

原本是想取笑她一下，讓她羞答答的，反而給殺個措手不及，只能看着她捧腹大笑，想不出甚麼應對的話來。

宋平是這個樣子：中等身材，稍胖，圓臉，剪了個平頭裝，濃眉，單眼皮的雙眼望人時雖炯炯有神，純樸氣質卻迫人而來，加上善意的微笑，更顯出一股很容易讓人覺察到的親切。

秀美無意中透露了她觀察時的一個微小細節：他的牙齒很整齊，很潔白，這是他裂開嘴笑時，讓人注意到的，他肯定不煙不酒吧！他的生活方式一定很健康吧！

秀美在發現宋平牙齒很整齊，很潔白時，她的心會不會為之一動呢？

我相信秀美一定會聯想到大哥洪又煙又酒那不健康的生活方式。

宋平其實極少來客串。我後來聽他親口說，人家主廚也是謀生，人家讚你廚藝好，就時常去客串，這算是甚麼呢？我是盡量避免做這樣的事的。

我聽了點了點頭，這個男人也真的很細心，懂得人情世故，而且是懂得那些最重要的，例如設身處地，體貼別人。

總之，在「溫記」美食店，秀美極少見到宋平。

確實，他不過是來「溫記」美食店客串而已。

只是他的專業風範，引人敬佩，因而留下了較深刻印象。

比起秀美當初聘用的廚師阿海，真的是差得太遠了。

同是飲食業，為甚麼差得那麼大？

僅僅因為作為一個可以被另一個老闆禮聘去客串的廚師，就會覺得前途好得多？

能夠在心煩意亂的時候，在街上跟宋平偶遇，秀美一直都感到不可思議。

到底真有甚麼神明在暗助自己！

44、李芳紅 (7)・婦唱夫隨

談到宋平和秀美，我們仍然可以緊緊捕捉那些最美妙的生活片刻，因為這些美妙片刻，真可以帶來美妙的一生。

對於秀美來說，當宋平提出，他希望來粥麵店當廚師，只懂得睜大了眼，因不合情理。宋平說他是認真的，秀美的眼裏還是有個很大的問號？畢竟宋平是大酒樓的大廚，怎有可能來到這間初創的小小粥麵店？

宋平大概是這樣解釋的：「不要以為我來這裏，就是屈就了。我也有自己希望得到的東西。來了這裏我相信可以得到想要的滿足感。我相信，我再找不到一個老闆娘，可以讓我發揮創意。我看得出，你也並非僅僅為了賺錢，還是真的希望推出價廉物美的食品。在大酒樓做事，也有很多不順心的事。我喜歡這裏比較簡單。」

最後秀美說：「要是這樣的話，那麼，從今以後，這間粥麵店算是我們共同經營的。」

宋平說：「以後再說吧！」

所謂美妙片刻，對於宋平和秀美來説，一定要都感到是美好片刻，那才算是美好。最初一定有那麼一種肝膽相照的意味，才能找到最美妙的合作方式，即便是在最忙碌時候，都感到很美妙。

宋平主持廚務，一切都迎刃而解，都井然有序，都在不斷進取。

在最繁忙的時候，廚房裏所有爐頭都啟動，一進廚房，就可以感受到一股熱力。熱力不僅是爐頭發出來的，還有在宋平的眼裏流露了出來的，那就是有把勁，要把事情做好的感覺，這樣做，秀記粥麵店當然不愁走上軌道了。

宋平和秀美的合作無間，不久就形成了特別的溝通方式，就像在上演一場精彩的舞台劇。

秀美不必做廚師了，做回她最擅長的負責招呼食客的工作，以她甜美清脆的嗓子，叫出「及第粥」、「牛肉粥」、「魚片粥」、「乾炒牛河」、「廈門炒米」、「楊州炒飯」，一一無誤的傳到了宋平耳裏。秀美剛轉了個圈，她叫喊的粥麵飯都已排好在廚房那張小枱上，等待送出。廚房裏爐火很猛，宋平手腳很快。

有默契就能勝過千軍萬馬，有第三者在場，反覺阻礙。在她們特別的世界裏，只容得他們兩人。

他們的目光在這樣的忙碌裏接觸過無數次，那種合作無間的體貼，都可以把無論多大的忙亂，都化解於無形。

工作雖繁忙，但幸福，確實是帶着濃濃的肝膽相照的意味。

秀美高揚甜美的喊聲像唱歌，宋平有時不免回應一句「收到」。愈忙碌的時候，對唱愈多。有點婦唱夫隨的意味。

我想，有一種愛情，就是這樣表達出來。秀美愉悦的聲音，顯得她感受到這是她最感幸福的日子了。宋平就在她的視野裏，只要她想看他，稍稍轉了個彎，就看到了。

我自己作為一個傳統女人，知道一個傳統女人的心理，需要一個男人作為終身伴侶。

我和秀美這一代女子，還沒有能耐過單身的日子。我相信，秀美每一次看到宋平的身影，心裏就會油然滋生多一份安穩的感覺吧！

這樣的日夕相處，會有怎樣的結果呢？

情愫不斷滋生着。到了最後，只有兩種可能。

一種是悲劇。有甚麼不可想像的原因，導致宋平和秀美分離了。

另一種結局，則是以喜劇收場。

共同締結一段美好婚姻。

那一晚，是宋平和秀美最美好的一晚，最美妙的生活片刻，不巧讓我碰上了。當時心裏感到很抱歉，很不好意思，但同時又滿心高興。

你猜得到這是甚麼事嗎？

那一天，活兒忙到深夜才勉強告一段落，體質稍弱的我從未有過如此筋疲力竭，先回家了。不然，我怕翌日一大早起不了身，誤了早晨的開檔。

大概是太累了，又走得如此匆忙，忘了帶鑰匙，不得不再趕回來，走到暗角處，腳步不禁停了下來。

我看見一向精力充沛的秀美用手揉了揉眼睛。以往我也看到秀美有這樣的動作，最多只是揉眼一、二下，這次卻一連揉了十來次，還捨不得放下手來，看來她也真的累了，累的滋味我太清楚了。我依稀看到，秀美的身子有點搖晃。我正想走過去，卻看到宋平急步走了過去，用雙手扶着秀美的雙肩。

也不知過了多長時間，秀美的身子傾前，倒在宋平的胸前。

這不會是錯覺了，雖然時間想來也不過是一、二分鐘。

我知道，拿不到鑰匙了。不要緊，回家就把家門敲得響些。

我在想，當時秀美在想些甚麼呢，她也許在想，就是這個時候了，不能再失去了。宋平這個人，一個大男子漢，卻是個極含蓄的人。而且，從名義上來講，他是夥計，我是老闆娘，夥計追求老闆娘嗎？不是沒有可能，但要拖到哪年哪月呢？不能再失去這個機會了，就借此靠着他。要向他表明，要靠着他的不僅是粥麵店，還有我，秀美。秀美，要做你妻子的秀美，一個這樣好的男人。秀美當時一定在想，不能失去這個機會了，不然，不論是她或他，再也不會有這個勇氣了。

有一種愛情是真心真意的去愛，因而真的是很刻骨銘心。

我們那時的愛情就是這樣。當愛情到了最關鍵的時候，就要靠一股勇氣，衝了過去。真的，有時看似只是相隔着薄薄的一層紙，卻需要一股強勁的力，才能衝得過去。

生活就是這樣，很苦，回味卻有甜味。

現在年輕人的愛情，不會是這樣子了，是不是？

45、李芳紅 (8)・淒厲絕望叫聲

你要問了，你那麼懂得談別人的愛情，那麼你自己呢？

我的愛情，也有故事。想起來，我們那一代女子的愛情，都帶着了時代特色。是不是因為我們雖然生活於大時代，但是身處低層，而沒有刻意去留意呢？好像縱然生活於大時代，對於蟻民的我們，都不會有甚麼影響，完全不會留下甚麼痕跡，大時代對我們來説毫無意義。長大後，當然明白這樣的想法不對。秀美父母一生飽受折磨，不就是飽受了大時代所賜。其中有極歹毒的惡魔，就是日本軍國主義。

我丈夫的故事，啟發我更有這樣的想法，他的故事、經歷更富時代特色。

我丈夫陳可建説，在他十歲那年，動身來香港之前，從未離開過他出生成長的窮鄉僻壤的小村落。

他像當時不少少年那樣，在母親偷渡來香港的幾年後，也來香港，但是經海關來的。

一個毫無見識的鄉下仔，那副手足無措的呆樣子，好容易就可以從眾人中，被辨認出來。

一路上，他經歷了一些事情，這裏只能講其中一項。

我們不是喜歡說美妙的人生片刻嗎？其實，美妙的人生片刻哪裏會有這麼多？陳可建遇上的是很惡劣的片刻；很惡劣的片刻，也能影響人的一生。我們夫妻，遇上惡劣的人生片刻也不止這一樁。

當時的深圳羅湖關口很簡陋，是要踏着火車軌道，從這一邊走向那一邊去的。在陳可建的感覺裏，周圍環境色彩有點灰黑，即使人來人往，仍脫不了荒涼的感覺。

事情到底是怎樣發生的，是陳可建自己的呆樣子引起了別人欺負，或是他在甚麼地方做錯了甚麼？或者是在那特別的時代背景下，他被選中，成了勢必被歧視的群落的代表人物，陳可建被選中是因為他具備了被欺凌的所有必要條件？

在那個特別時刻，陳可建因為驚慌惶惑，腦海裏接收到的印象應該都會受到了扭曲，或許是被誇大了，或者是一個人受到最大的侮辱時，他的五官感覺都因失焦而無法正常接收得到。

陳可建胸口的衣領突然被一隻強而有力的，長着金黃毛的手臂抓着，整個人幾乎被提了起來。一個在村野長大，整天跑動，應該是動作矯健的少年，雙腳卻站都站不住了。一張金髮碧眼的臉龐，張開血盆大口，正對着自己怒吼着。陳可建平生第一次接觸洋人，身穿着一套威風凜凜的制服，十足是殖民地高官。

陳可建完全給嚇呆了，呆得就像一頭被緊攫住的木雞，聽天由命，完全失去了掙扎的本能。上唇蓄着金色短髭的血盆大口，急促地張合着。陳可建雖然給嚇呆了，還能識別他不是發狂，也不是白癡，但這個洋人為甚麼以一種他聽不明白的語言對他狂吼，勝似狂人和白癡的合體？很多年後，陳可建才能弄得明白甚麼叫做殖民主義。陳可建的遭遇和殖民地高官的作為，帶着那個特別的大時代的含意。後來陳可建在其他歷史圖片中看到本質上很相似，欺凌程度更大的嘴臉，那是含着極致的鄙視的狂妄和傲慢，想來由他這個呆頭呆腦的鄉下仔來承受，也是很自然的事。

雖是完全給嚇呆了，陳可建的感官還是保留着一點功能。他感到窒息，空氣停止了流動嗎？這種被虐待的狀況會維持到甚麼時候呢？很明顯殖民高官還在火上，熊熊烈火，像是要把落在他手上的陳可建，化為灰燼。

突然發生了這樣的事情，那個特定的空間時間一定是一片死寂，就算是旁人，也許都有一種絕望的惶惑。到底發生了甚麼事呢？

但一定也就是這一片死寂，特別留下了空間，才能讓那聲淒厲的絕望叫聲，劃破了長空。淒厲的絕望叫聲不是要跟狂吼對抗，何況那是出自一個女子的，力量絕對是不對等的。在一般正常人聽來，絕望叫聲更像是求饒。但這把聲音比甚麼都更有威懾力量，像奇跡一般，是從天而降，像一道聖諭，誰都違抗不了。陳可建看到，洋人的血盆大口突然停止了張合，嘴唇還抖動了一下，因為上唇蓄着金黃色短髭很詭譎地抖動了一下。殖民高官的手鬆了。陳可建感到他已跌進母親的懷抱裏。

世界上有一種聲音是代表正義，良知，是可以擊敗邪惡的聲音。即使這種聲音是以淒厲的絕望叫聲發出。

是誰的聲音有這樣巨大的威力？是與陳可建闊別了多年的母親的聲音。在這種氣氛下，只有母親才會，也必然會發出的聲音，哪管對方是甚麼人。一次會畢生難忘的震撼經歷。

很多年後，陳可建才有個很清晰的意念，原來，他身不由己地經歷了一次大時代下的移民潮。移民如潮給人落難的感覺，這批人必然會遭受鄙視，受到欺凌。殖民地高官沒有可能分身，把每一個落難移民都欺淩，那就要選擇有代表性的個別人來欺淩了。

能把靈魂極度震撼的大經歷，每一次都可以催生一個人極速成熟。更多實實在在殘酷無比的事實，在陳可建進入這座初來乍到的大城市，紛至沓來迫在眼前，他明白一切對他都是不友善的。他很快認識一個道理：自己一無所有，那麼，能容身的，只能是最底層社會。

這是怎麼個地方？

住在最簡陋的板間房；母親掙取最低工資的血汗錢；要是奢望還能接受點教育，只能是殖民地學費很昂貴的「學店」教育。陳可建一下子進入了一個黑暗無邊的世界。

確實是黑暗無邊，但放在整個社會來看，一切又都是合情合理。你有甚麼資格，叫這座繁榮大都市善待你呢？自己都不敢回答。

陳可建對社會有了這樣的認識。

46、李芳紅 (9)・普通人的真愛

我跟陳可建沒有受到多少教育。但當時我們不用擔心找不到工作。正是勞工密集工業最興旺的時候，需要大量勞工。

我跟幾個親如姊妹的女孩遠走荃灣，合租板間房，然後到紡織廠搵工。當時的紡織業是工業支柱之一。

當時荃灣還是偏遠地方，有地方建造龐大無比的工廠大廈。到由財雄勢大的財團或家族經營的紡織廠，對於低層女工來說，前途很好。況且，一個沒有讀過多少書的女孩，有多少前途可言？

陳可建以他當時的家境，當然也是要草草讀了幾年書，就早早出來搵食的。當時他所抱的心態，大概都是一樣吧！來到荃灣紡織廠當一名學徒，希望學得一技傍身，安穩度過一生，當時的普羅大眾，有甚麼出路，誰沒有這樣的想法。

想來那一代的青年，也很可憐。

那個年代荃灣紡織廠的學徒，只要是單身，是包膳宿的。這意味着，青少年時期的陳可建，從入廠第一天開始，就在陰暗的、環境惡劣的廠房度過，日子單調、清苦。他原本就內向、訥言，日子就更加沒有了色彩。日子如何度過？只知道可以學得一技傍身，日子就過得可以忍受。

陳可建對未來有一番憧憬，相信，再漆黑的日子，一線曙光，終究還是會露出來的。漫長風雨後見到的陽光，只覺愈明亮，愈有溫暖的感覺。

二十五歲那年，幾經辛苦，陳可建升任為年輕師傅，工作穩定了，收入有了改善。在陳可建的感覺裏，算是一段很美好的日子了。

在這樣美好的日子，我們的交叉點來臨了。是很好的開始。

我們的邂逅，就以陳可建的視角來敘述吧，看他是怎麼説的，更有趣。

經濟寬裕了，陳可建偶然也會出街用膳。

一天中午，陳可建吃過飯，在街上閒逛着，看見街邊的石欄上，坐着一名女工。她脱了鞋，撫摸着腳踝，似是走不動才坐在那裏。她的神色有點痛苦，有點焦慮。

雖然內向羞怯，從未主動跟女性打交道，更加別説是年輕女子了，但從制服看來，是廠裏的女同事。也不知是哪裏來的勇氣，也許不是勇氣，而是一份責任感，一份慈悲之心，陳可建向她走去。

因為認定是同事，忘記了對方可能把他當是陌生人，陳可建的舉止就有點像熟人，走近了女子身邊，俯下身去，細看了一下，發現女孩的腳踝紅腫。陳可建當時心裏流露的擔憂，從他的聲調裏，有種叫人驚訝的真誠。

「怎會這樣，扭傷了嗎？」

當時他這樣說，叫我心動。這麼一個陌生的青年。

交流了幾句，他們很快也就知道是同事。

就讓陳可建以他的視角繼續把故事說下去吧！

陳可建說，他扶着一瘸一拐的女工去醫館睇跌打的情景，依然記得，但並沒有在腦海裏留下特別印象，後來也沒有繼續熱心地處處關心這位女工。倒是婚後我提起，說這件事情算是我心底裏刻骨銘心的一幕。也許是上天有意安排，不然，為甚麼身手敏捷的她，怎麼會扭傷了腳踝呢？

陳可建嘴裏的女工，當然指的就是我。

這是個有趣問題，陳可建後來為甚麼不繼續處處關心她。

你去幫助了一個女工，然後繼續處處關心她，這也正常，是在合情合理的範圍內。但當時的社會風氣保守，這樣的舉止容易被視為追求女仔的伎倆。像陳可建這樣的年輕男子，面皮薄，怎敢做這樣的事。

到底後來是誰採取了更大的主動了呢？或許是我。這樣一個正派的，關心自己的年輕男子，對他不會特別留意一點嗎？有時在廠裏，有時在街上，兩人碰到，我確實都會熱情招呼，時不時還會捎點美食給他。大概我已在不知不覺之間，盡顯一個簡樸少女體貼的舉止，暖人心窩，十分自然。

按照我的理解，在那個普遍窮困年代，衣着樸實，年紀輕輕已在接受嚴酷的生活洗禮的女工，難以有種惹人注目的光亮；但一個年輕女子出現在一個年輕男子的生活裏，就像兩種顏色混在一起，顏色就有了變化。再怎樣，都是新鮮、悅目的。彼此都可以找到快樂。

綜合別人的看法，我算是平凡，卻有一種在家裏做慣了大家姐的成熟，實實在在的，給了陳可建一種安心的感覺。

按照香港一般基層家庭的生活方式過着。一個普通女工，遇上一個普通男工，心心相印，順順利利結了婚。然後日出而作，日入而息，過着小市民的安穩日子，都算是美好了。

這算是真愛嗎？陳可建會說，我們長時間患難與共，不算真愛是甚麼？

第八幕

47、李芳紅(10)·人生的絕境

要是我們夫妻倆可以在紡織廠相安無事，工作下去，按照我們勤奮和習慣過平淡小日子的天性，日子已可以過得美滿，不敢奢望其他。

但窮等人家，安穩最難求。

有一件事，像晴天霹靂一般發生，曾令我們夫妻的人生陷入萬劫不復的絕境。

工廠北上，對陳可建（也是對我）來說，是個特大時代，對整個城市來說，何嘗不是！但意義絕對南轅北轍。陳可建（也是對我）正值中年，諸事都到了人生的關節處，突然走到絕路，猶如落樓梯時踩了個空，摔了下去，墜入漆黑深淵，有種粉身碎骨的感覺。整座城市經濟轉型，開始邁向國際金融中心的黃金歲月，形成太平盛世的繁華大時代。

這個黃金一般的大時代不屬於我們。別說紡織廠師傅職位丟掉了，普通工作都不好找。

馬死落地行。

我們夫婦不得不轉行，為兩棟私樓承包清潔的工作，總算在山窮水盡時，找到一線生機。夫婦日夜忙碌。曾有過到了深夜，兩人披着雨衣，推着滿載垃圾袋的木頭車，走在空寂的、狂風暴雨的、黑暗的街道上。到了政府開設的垃圾收集站，早已筋疲力竭。也不理會風雨了，撐着雨傘，坐在站外的地上。我頭靠他的肩上。陳可建急切地說：「千萬別睡着了。」

我有氣無力地說：「想不到變化這麼大。」

「甚麼變化？」

「昨天我們不是也這樣坐着嗎？看到的是月亮哩。」

陳可建緊緊地摟着我，把頭埋在我肩上，痛哭起來。他大概在想，我這個善良而勤勉的妻子，即使是在最艱難的日子，仍對未來抱着憧憬，懷念着美麗的月光。

何止是天有不測之風雲呢？人的一生都是如此，有很多不測之風雲。

「芳紅，我太對你不起了，我害了你。」

「阿建，你已經做到最好了。」

這樣的對話，是否真愛的流露，這樣的真愛，還會變嗎？

社會進步，一切規則都會完善了起來。即使兩夫婦願意操勞，很盡職，清潔很令人滿意，也不能繼續把私樓的清潔工作承包，因為都實行了投標制度，他們哪裏有這樣的財勢，與人家比拼？

在後來的日子裏，兩夫婦每獲一份即便是很低微的工作，都如獲至寶，都像上天賜給我們的一份恩典。但一家人確實像進入了無邊的黑暗裏，而且像給人打懵了，只剩下機械性動作。

失去了穩定的工作，生活就不穩定了，這是必然的。但工作還是找到的。做保安，到連鎖快餐店做女工，都是屬於服務業行業了。

我算是找到穩定工作，受僱清潔公司，在街道打掃。

我就是在街市打掃時，偶遇秀美的。

我跟秀美邂逅，讓我明白了一個道理，真愛是可以有很多種的。

我跟秀美的關係，到了最後，也是真愛。這樣的真愛，讓我真正釋懷。要是我跟秀美的真愛被人質疑，說這是哪門子的真愛，我會很難受。

48、李芳紅 (11)・生活也會好起來

我和陳可建結為夫婦，確實有過像死水一般的日子，而且是那種永遠都活不過來的死水。不是生活的片刻，而是持續了一大段時間。

然而我們夫妻，竟然還有活過來的時候。我們也有過很美妙的生活片刻。

秀美教我如何活得樂觀些、幸福些。

粥麵店一天的活兒告一段落，夜已深，秀美有時會邀大家一塊去宵夜。也不必去別的甚麼地方，同一熟食中心的夜市攤檔是很好選擇，愈夜生意愈旺，原來很多人要到深夜才有機會來鬆弛一下自己。

最初的時候，秀美邀我一起去，我死活都不肯，迫得秀美要裝出一副惱怒的樣子，你就不當咱們是好姊妹，總算勉強把我拉了去。慢慢地我就開竅了，生活裏不但該有情趣，也應該去享受，那是一種新的活法。

在寒流襲港的深宵，大家圍坐在火鍋邊，把牛肉、魚丸、蔬菜等食物夾進滾熱辣的湯底，就已經有了很溫暖的感覺。我會想起最艱難時，那些很不堪的日子。也是在寒夜的這個時刻，推着

滿載垃圾的木頭車，穿過寒風狂吹的街道。

午夜時分早已過去。又飢又寒，找個避風的地方蹲下來，蜷縮成一團，為自己取暖。那種淒苦的境況，因已習以為常，早已不覺得怎樣。其實也不敢蹲得太久，一蹲得久，很快就睏得進入了睡鄉，這很容易着冷。

我後來開始喜歡看着啤酒蓋開了後，泡沫冒了出來的刹那，就像一個人所爆發出來的激情。秀美的臉每當這個時候，臉上發光，就像一朵綻開的鮮花，流露出一個成熟女子的嫵媚。人就需要這樣一個時候。

秀美第一次倒啤酒給我，就聲明：「你不要跟我說你不會喝。你給我好好先喝一杯，不要敗大家的興。」

我開始懂得並且享受辛勤勞累後，偶一為之的酒酣耳熱的必要，這是一天生活的句號，也可能是巨大的感歎號。如果是省略號，那就意味着在這杯酒之後，還有很多未知的快樂。以前的生活，把自己的感覺扭曲了。

有一晚，到熟食檔宵夜，出來時，秀美和我都站得有點不穩，飄飄然的。這就是醉意嗎？這樣的醉意真的是太特別，太美妙了，有種不知如何形容才好的幸福感。

秀美和我走在熟悉的街道上，突然抬起頭來，看到一輪明月正懸掛在夜空，圓圓的。就整個人都呆了。世界怎麼整個都變了樣呢？眼前的世界已變成了一個多麼美好的世界呀！我竟然就那麼站着，整個人依在秀美的胸口，像發了夢般地説，想不到月亮這麼圓，這麼亮。

那一晚，我們都哭了。哭得很暢快，在醉意中，在月光下。

那個深夜我和秀美共享的月光，讓我們都陶醉了好長一段時間。

我和秀美分手，各自踏着美不勝收的月光回家。之後發生的事，可以繼續説下去嗎？生活裏有很多連閨密都説不出口的秘密，但憑着生活經驗，很多夫妻都有這樣的浪漫時刻，特別是那些有過很艱難時刻的人。

回家沐浴了後，感到啤酒在血液裏流淌着，甘暢而又美妙，都感到自己有點不正常了。蜷縮着身子，鑽進了被子裏，有種很幸福的亢奮。一躺下，就感到丈夫的手伸了過去。是酒味吸引他的手嗎？以為是他在夢中無意中做出的動作。然後他的手在我身上游動起來，就像把體內的酒精推動，流得更甘暢了。很長時期裏，我曾一上床就疲累得動都不想動一下了，身子僵直着，親熱時都任由丈夫擺佈，算是盡着人妻的義務。

作為一個傳統女子，會覺得做愛時應含蓄，一切都由丈夫主動，做愛不過是傳宗接代的事。但太累了，連這樣的想法，一點影子都沒有。

但那一晚的感覺完全不同，在丈夫愛撫下，身上的每一個細胞都有了感覺，很亢奮。丈夫的手指接觸到最敏感的部位，整個身體都輕輕地顫抖了起來。愛撫是如此美妙，整個靈魂都出了竅了。很想告訴他，就那裏，就這裏。丈夫翻身壓向我時，情不自禁抱住了他。

生活真的好起來了。酒不是叫人麻醉，而是叫人亢奮。

都說，人在絕境的時候，都會借酒消愁，但在最值得喜慶的場合，都是以名酒來乾杯。我以為我不會有喜慶的時刻。原來我會有。

這個男人，平凡、低微，因過份操勞，已顯得早衰，一舉手一投足，都顯出了小男人的習氣。煮了一頓較好的餸菜，就狼吞虎嚥，全不顧一個男子的顏面。知道自己掙錢能力很低，不敢亂花費，不吸煙，一點酒也不敢沾。除了自己的一個小小的家，甚麼地方都不想去，也許不是不想去，而是去了就得花錢。這樣的男人會叫人發悶。

儘管一個人鎮日守着家，也叫人沒有絲毫安全感。

就是這樣的一個男人，活了過來了。

一個人至少得有活着的感覺呀！

我遇上一個好丈夫，一個難得的知己，顯然都有偶然的因素，然而我開始有了自信，相信自己有種種優點，純樸、勤奮、真誠，造就了自己美好人生的必然因素。

49、李芳紅(12)·璀璨的煙花

秀美的第一段失敗婚姻，我真不想提及。但秀美都承認，她與大哥洪有過真愛，這會讓任何一個有正常思維的人感到匪夷所思。

真愛會像煙花，在夜空燦爛綻放，很美很美。然而燃燒也太快了，一瞬間就用盡了。在愈漆黑的地方綻放，就愈燦爛美麗。但也正是這樣，轉眼間只剩下深不可測的黑暗。璀璨之後的黑暗是特別孤寂的，因而也特別驚人可怕。

綻放的瞬間，是美夢，過後，就全都是惡夢。

但既是煙花，就有過很美妙的時刻。秀美自己談過，見過煙花綻放的璀璨那刻的人也談過，並非虛幻的事。

大哥洪那時還在一家外資公司擔任職業司機，這家外資公司工作時間好，星期六和星期日都休息。

大哥洪一改以往的生活方式。

前後的差別也太大了，正是所謂判若兩人。

簡單說一句，以往，平日懶懶散散，倒不嚇人，到了週末，睡足了以後，大哥洪的夜生活就開始了，離不開酒色。

大哥洪生活態度的巨大變化，像個準備要組織美好家庭的男人了。每天，他一放工，就先去快餐店買了兩個飯盒，興致沖沖到暮色漸濃的街市，尋找秀美的芳蹤。這個時候的大哥洪，東張西望，流露了一種叫人無法相信的神色，是一種期盼，有點焦慮，其中所含的「情意」，已經有點兒化不開。他有時必須跑幾條街，才找到秀美，在這樣的時候，無論在動作和神情上都明顯有一股濃郁滄桑味的阿洪，顯出了一份年輕人的雀躍。

有一次最好笑，大哥洪四處尋找，正感毫無頭緒，突然聽到秀美在後面叫他，他竟不大相信有把清亮甜美的聲音在叫自己。他轉過頭來，看到秀美迎着他露出笑容，無限柔情，眼神都有點癡迷。也許在大哥洪看來，她的眼神就是愛的召喚，他就有點衝動，想把她一擁入懷。

你說，此情此景，秀美會不動心嗎？

大哥洪把秀美的手握着了，雙手是冰凍的，而他，因為急急地走了很多路，是溫暖的。四隻手握在一起，過了一會兒，也就都慢慢地暖了起來。那應該是寒冬的日子了。這樣的暖意，暖在心裏，很久很久都不會忘記。

秀美因為隨時都要準備走鬼，時刻都要一眼關七，經常老遠就看見了大哥洪，把他的一舉一動都看在眼裏，少女的心花不禁盛放。秀美應該是看到朝着她奔跑而來的大哥洪，心裏充滿了陽光，像是白晝還沒有離去，第二個太陽就接班來了。秀美初時假裝看不見，等大哥洪走到自己身邊。後來忍不住，總會跳躍了起來，揮着手，這樣浪漫的鏡頭如果能夠留駐下來，有誰相信他們曾經有過這麼一個浪漫場景呢？

秀美接過飯盒，蹲在一邊去，吃得特別有滋有味。當她抬起頭來，看着替她主持大局的大哥洪的身影，叫賣得很落力，有了依靠的感覺。

確實，那個時候，一切看來都很美麗。

秀美還未發育齊全的嬌小身影，漸成街頭巷尾一道亮麗的風景。

秀美知道她本身的條件很好，身量玲瓏，推着偌大的木頭車，有種靈活美感。時常露出的笑靨，天真瀾漫，恍如一朵含苞的鮮花。

這麼一位小姑娘的身邊，突然襯上了一個滄桑味十足的男人，還有點江湖味。然而兩人卻非常合拍，樂在其中，在旁人看來，也就成了街市一道很特別的風景。

大哥洪跟秀美在一起最長的時間，是星期六、日兩天，正好也是街市最人山人海的時候，攤檔沒有多個人照應，確是應付不來。

大哥洪大大咧咧的，喜歡的時候，扯着喉嚨喊了幾句，有些搞笑的樣子。心血來潮，開了罐啤酒，一邊喝，瞇着眼睛，看着路過的體態豐滿的女人。倘若有人被大哥洪的吼叫聲吸引了，轉過頭來，看到的卻是他身邊一個年輕亮麗的女孩，露出甜美的笑容。那是一個可以叫人驚愕的景象，但這種驚愕只是一瞬間，然後誰都會被逗得笑了一笑。

秀美說她當時很喜歡聽到大哥洪的叫賣聲，無論多麼粗獷她都喜歡，想到他是為她而叫，內心深處的甜蜜都滿溢到臉上。她覺得那是世間最真最甜的情話，是只有她才聽得懂的。情話難道有甚麼特別的規範嗎？她只知道，聽了大哥洪的呼喊，她的體力往往最充沛，心境最快樂，笑容也最燦爛，連周圍的氣氛都受到感染了。

秀美和大哥洪各據偌大木頭車的一端，很有夫妻檔的樣子。

秀美說，那時他們的心靈都有足夠的空間，容納這樣的浪漫。還沒有因為經濟負擔而必須為生活而拼搏，只要做成了一單交易，都可以高興得半天。何況，怎會是僅僅一單生意？有時真的是做得應接不暇，他們就會為一單又一單的小小交易而興高采烈，都快裝不下去了。

秀美問我，你知道共同努力得來的那種快樂嗎？

我說，即使我沒有親歷這樣的感覺，也可以想像得到。然而從整個人生角度來看，這樣的時刻倘若不是瞬間消逝，而是一生不變，那是多美好的事，無論對方是誰，都是很幸福的了。

我曾問秀美一個問題，他是一個壞男人呀！這不是秘密，而是很多人都早就知道的事，你怎麼就纏上了他呢，不是自找麻煩嗎？

即使秀美是這樣精明而善良的人，你叫她如何回答？感情的事真的太複雜了。

也許是如詩如畫的少女情懷，還沒有秀美談第二次戀愛時的成熟。

而且一個人還很年輕的時候，剛出來謀生，處於新的環境中，同時也是處於困境中，竟然有人向你伸出了援手，就很像一個人身處於風浪中，有個人在你的身邊，充當你的救生員，安全感大增。對這樣的守護者，感覺一定很不一樣。要是有了愛的成分，就更加容易轉化成戀愛的催化劑，讓愛火更加熾熱。

50、李芳紅(13)·大哥洪這個人

我純真的閨密秀美怎麼會跟「大哥洪」洪天來拉上關係呢？這得重溫一下歷史。

二十世紀五、六、七十年代，一種租住形式特別流行。有一些人沒有能力買樓，但主見大，就是以這種方式來解決居住問題。他們把一個近千呎的單位承包，間隔成大小不一的幾間房間，就是已成了歷史名稱的「板間房」，自己住了一間，其餘的分租出來。

那時窮人多，大量需要這樣的板間房。沒有魄力的窮人，只敢租個板間房來住。

從很早時候起，精明的大哥洪，就做了包租公，不知已搬了多少次家的秀美母女，就成了大哥洪的租客。

十幾歲就出來闖蕩江湖的大哥洪，很多世面都見識過了，幹了好多荒唐事，劣跡斑斑，可說是臭名昭著。那種放蕩不羈、酗酒和嫖賭的肆無忌憚，在正當人看來，就像身上帶着惡臭，避之則吉。

作為包租公的大哥洪，沒有交租壓力，日子就過得很輕鬆，又是那樣一種玩世不恭的心態心性，外面的花花世界吸引着他，哪願呆在擠迫不堪的單位裏？哪裏會把日捱夜捱的租客看在眼內？

不知檢點的大哥洪，他的劣行，從來都沒有想過要隱瞞別人，沒有這個必要。

不必觀察入微，一般人都看得出，大哥洪的眼神很鋭利，像一把尖刀，是可以刺人的。但他的眼神同樣也有叫人感到突兀的時候，鋭利中帶着那麼一種輕佻，懶洋洋的，流露着叫人感到陰森的邪氣。叫人捉摸不了到底他的眼神鋭利是主要的，還是輕佻是主要的。或是兩者在交替。

生活作風其實叫人感到難受。

大哥洪在通常應該是一個人最清醒的時候，仍會露出酗酒般的神色，昏沉沉的。譬如説，剛起床，已是呵欠連連，揉着惺忪睡眼，嘴巴大張，老遠就讓人嗅出宿了一夜的煙酒臭味。衣冠不整，頭髮蓬鬆，迎着他遇上的人，有時還會莫名其妙地露出怪笑來，好像想起了昨晚一件甚麼美事，這種笑容通常在跟一個輕佻的女子調情時才會出現。

輕佻和酗酒結合了起來，形成了讓人厭惡的特質。有時，三更半夜，他的房間裏突然傳來女人的聲音，是男女之間做那種事時會有的聲音。這個經常是徹夜不歸的放蕩男子，突然之間就會帶了某個不知來歷的女子回家過夜。

一點兒都不避忌，更離譜的事還不止於此。

到了早晨，同樣是睡眼惺忪、衣裝不整的女子，打着呵欠，懶洋洋地從房間步出，把廁所霸佔了。通常還是呆了很久，好像是便秘。過不正常生活方式的人，這也不奇怪。

單位裏沒有人會發出半句抱怨，也不全然是因為房客們夠忍讓，而是早起床的女人，早把男人和孩子關在房裏，不讓他們出來；寧願做早餐讓他們在房裏吃，最後廁所都等不來，就各自匆匆忙忙返工上學去了。

如果大小便太急了，就要先到公共廁所去。

這樣介紹大哥洪，我想也足夠了。正常人家，肯跟他多接觸嗎？

飽受人間滄桑的秀美母親，她的眼神，就已展現了一種完全不同的人生。

蔡烏願的眼神是不輕易讓人看到的。她的眼瞼一閃動，是沉沉地關上了大閘，劃下一條不可逾越的界限。要是偶然叫人看到了，也會被人發現目光裏完全沒有神采，無法找到半點內容，卻再清楚不過的讓大家接收到一個母親的潛台詞：你們都看到了我這個老太婆是怎樣生活的了，就請你們抬抬手，不要再傷害我們了。

一個人的尊嚴退到了最後防線，就是這樣。歲月在無聲無息流動，會讓人感到，一切都靜止了。靜止可能是一些人的人生追求目標，因為靜止代表不變，不變就不會變得更惡劣。

蔡烏願代表着某一種人的人生。

在無聲歲月的催生下，毫不起眼的、總讓人覺得頗瘦弱的秀美，極似在不受人注意的路邊開出的一朵鮮艷小花。小花的綻放並不是為了爭奇鬥艷，而是順應着自然的規律，到了某個該綻放的時候，就綻放了，這就顯得特別的自然而清新。她像是黯淡角落的一盞燈，讓周圍的一切，有了種晨光熹微的感覺。

母親蔡烏願眼神很暗淡，把昏暗的小小房間映襯得更暗淡了。秀美的眼睛卻顯得格外亮晶晶。有如兩個小燈膽，不僅是要照亮自己人，還要照亮別人。

閃出的是溫柔的光，這些光傳達着千言萬語，讓人覺得親切，只想接近。

當年的房客王淑敏在秀美身上看到了一種完全意想不到的美，她說，這讓她生了一種不祥的感覺。

我們這種環境，哪有可能出現這樣的美，沒有這樣的沃土。王淑敏後來不止一次這樣對我說。

另一房客顏嬌治卻有另外的看法，她曾經對秀美的母親蔡烏願稱讚過她女兒的美麗。她對蔡烏願說，你的女兒出落得這麼美麗，很快就可以嫁人了。你飲得杯落了，不難找個好人家。

聽到顏嬌治這樣說，蔡烏願露出了難得的笑容。她唯一寄望的，也就是這個。

人的不同組合就是這樣，時常竟然可以構成不同的人生。

人是不是這樣，命運往往要任由主宰？

51、李芳紅 (14)．愛情憧憬破滅

秀美跟我談起她那件很難堪的生活片刻，情緒早已平復，神情間似乎在問自己，我怎麼會捲入這麼一件荒謬的事呢？毫無傷心、憤怒。

那個天色晴朗的下午，秀美到街市，想着，因為事忙，布疋排檔已很久沒去，不知搞成怎樣，就想順道過去看看，心裏也不存甚麼希望。還有個她不想讓別人知道的原因，聽到了有關「大哥洪」的一些傳聞，有些真是難以入耳。

也真巧，不想見到的場面，卻偏偏叫秀美看見了。

秀美老遠就看見「大哥洪」跟一個女人在一起。

「大哥洪」的樣子已很容易辨認。

靈魂垮了，身體必然也像雪崩那樣，坍塌了下來。煙酒癖，暴飲暴食癖，即使結婚了以後仍戒不了的嫖賭癖，身體縱使是鐵打的，在磨損下，都要垮的。

先是大肚腩慢慢地養了出來，曾經很結實的胸肌、臂肌、腹肌等逐漸鬆弛了下來，變成一堆又一堆的贅肉。面頰和臀部臃腫得最厲害，整個身體鬆垮得就像危險斜坡，再經一場暴雨來，一

塌就成災了。

斜坡養不起茂盛的花草，他的頭髮早已稀疏，單是那禿頂，早已顯得他整個人一點兒豪氣都沒有。

憑着一個女人的直覺，秀美感到自己的男人跟另一個女人在一起，舉止不尋常。

秀美覺得自己身上像突然被勒上一條繮繩，硬是把自己給勒住了。

不肯讓自己再向前跨一步。也許是一個女人的本能反應吧。再往前一步，就是自取其辱了。

從一個較遠距離，看了一個大概。

這個女人，是她熟悉的，但隔了一段日子，感到陌生了，特別是此刻。

早就知道這是一個懂得打扮的女人，現在看去，只感到愈發妖冶了。

穿着大紅大紫的套裝，頭髮經了電髮新技術的處理，很誇張地蓬鬆着，像爆發的火山，不過也可以看出它虛張聲勢的脆弱。

秀美駐足了一會兒，很快又往前走了幾步。這也是一個女人的本能吧。

走得更近些，這個女人的身份就更加確定了，是布疋排檔的隔鄰，出售廉價女性用品的排檔檔主。

就是那個名叫寶貝姐的。

秀美倒抽了一口涼氣。

是秀美把這個寶貝姐，親自介紹給「大哥洪」的。

不甘心的，向前再走了幾步，秀美出於條件反射，又扭轉身就想走，但身上的繮繩又再一次把她勒住了。是內心那種驅除不了的不甘心，又把她硬生生給勒住了。

秀美內心的不甘又是被甚麼喚醒的呢?是一種氣味。竟然有一種氣味，可以從很遠的地方飄來。

大概是因為這種氣味，是由極度惡性的氣質釀製而成的。

眼前這一男一女合成而一的氣質，像一股強烈的臭味，滾滾而來，衝着她的鼻子，直撲過來，秀美不論怎樣迴避，都迴避不了。

秀美作為妻子的身份，出於不必思考的本能，就像用自己手裏的繮繩，把自己緊緊地綁在就在身邊的街燈柱上，於是出現了這樣的局面，心裏想走，掙扎着，走不了。其實在那一刻，是「不想走」這種想法，佔了上風。

不想走，是要看清楚。

不想看，卻又迫使自己去看。

兩人都背向秀美，不管秀美走得多近，他們都不會發現她。而且，看來他們在嬉玩着，郎情妾意，投入得很忘我，哪有心思留意周圍？

「大哥洪」坐在一張椅子上，女子就站在他的身後，身子緊緊地貼在他的背脊，雙手在他的肩膀上按捏着，看來是在為他按摩。

秀美看見她的豐滿的臀部，隨着手部的用力，有節奏的擺動，就在男人的背脊上磨蹭，是猥褻得很礙眼了。

當事人卻一點兒也不覺察，當是一個很普通的動作，兩人都在嬉笑着。

女人發出的笑聲很刺耳。「大哥洪」的笑聲很低沉。

這就不是一般的笑，是愉悅而又縱情的。

經歷過男歡女愛的女人，都熟悉這樣的笑。再愚笨的女人，出於不讓丈夫被人佔去的本能，都知道兩情相悅到了忘情處，都會笑出這種聲音。這是調情中成熟男女向對方發出的聲音。但旁人聽了，都會為之側目。

秀美說到這裏的時候，很平靜，只是雙眼發着冷冷的光。

她沒有憤怒，也沒有醋意，只以冷冷的目光，看着他們，才驟然發現，其實自己的心，已幾近死了。

妻子的虛名，讓她有了不甘心的反應。人到了現場，情緒就一下子失去了控制。並非因為她真的稀罕妻子這個名份。

這樣的虛名，也不能要了。

秀美突然畏縮了起來，因為猛然想起，她在布疋排檔也做過相當日子了，在這條街上的小小範圍裏，勉強也算得上半個公眾人物。街上來來往往的人，難免有幫襯過她的，隨時都有哪一個認出了她，知道她跟「大哥洪」的夫妻關係。

要是真的隨便讓哪個無聊的三姑六婆，看到了她現時這副樣子，然後繪影繪聲，加油添醋，快速廣泛傳了出去，捲入「大哥洪」那已傳得很臭的傳聞當中，她在這條範圍不大的街上，也別想再露面了。

秀美轉身離去的時候，還用一種犯罪者潛逃時才會有的驚慌眼神，環顧周圍。

秀美從此就把她曾經日日來到的排檔劃為禁區。

再也不踏足。

從那刻起，秀美很冷靜在心裏劃了一條線，跟「大哥洪」劃清了界線。

秀美心裏很明白，一座正被烈火焚燒的屋子，是不可能救下來的，就是救了下來，也成了一堆灰燼了。

男歡女愛惹起的慾火，比熱火更熾，救得下來嗎？

秀美在心裏劃了一個界線後，無名的輕鬆解脱感覺，連自己都吃了一驚。

有個女人纏住大哥洪最好。

為甚麼不積極考慮離婚？那個理由説了出來，是會叫人聽了心痛。

秀美的婚姻，早就出現破裂跡象，很明顯是不愉快的，是痛苦的，然而要自己主動來加以結束，真是千難萬難。

秀美很清楚，由自己去結束一段婚姻，最傷心欲絕的，不會是她自己，而是比她自己更加傳統的，已到了風燭殘年，已捱過了太多苦難，再也承受不了任何打擊的母親。

在秀美母親看來，一段即使是再千瘡百孔的婚姻，都還是可以承受的。

婚姻，是秀美母親一輩子的支撐點。

這樣的支撐點再怎樣不堪，再怎樣虛幻，都不能沒有。

秀美想，如果把這個支撐點親自拆了，對秀美母親來説，會怎樣驚愕，情以何堪？離婚這兩個字，秀美母親是聽不得的。

秀美為了避免給她母親帶來更多的痛苦和不安，願意不動聲息。她寧願相信，很不堪的婚姻，最終還是會很自然地自動敗壞掉。

秀美第一次婚姻對她的最大打擊，是她對愛情的憧憬，破滅了，而且是以這樣不堪的方式破滅。

52、陳芳雨 (5)・慈祥的外公

我小時候完全不認識外公。我母親若秀完全把他當成是痲瘋病人，把他跟我完全隔離。我知道母親的苦心，家裏所有不快樂的往事，都不讓我知道。要是我自小知道外公的劣行，是不是就會怕了他，對他厭惡得不得了？

我上了大學，母親對我的管束，明顯完全鬆開了，我才第一次獨自去探訪外公。那時他依然守着布疋排檔，布疋排檔其實更像是他休養的地方。

我記得，我笑瞇瞇地站在排檔前。

外公當然完全不認識我。

我自我介紹，若秀的女兒，你的外孫女。我依然記得外公的那份驚訝。睜大了眼睛，完全説不出話來。

我平時就聽慣了大家的讚美，説我很漂亮，比起我外婆有過之而無不及。特別是我的笑容，簡直得到了我外婆的真傳，溫柔可親。大家都説，加上我讀了很多書，一舉手一投足，都展現了很有教養的時代女性氣息。我知道這些讚美都是對我的鍾愛，任何少女看起來都是漂亮的。

從外公眼神看來，我簡直就像是從天上掉下來的仙女。

這個時期我外公的身體狀況，已到了令我觸目驚心的地步。他就像座舊樓，完全坍塌了下來了。一座坍塌的樓房，是沒有人願意去看望的。

我每次去，看到的都是外公臃腫的身軀，躺在那張已很破敗的躺椅上，睡着了，這個排檔已不再是做生意的地方，只不過是因為有了這個排檔，他才可以那麼心安理得地睡在街上，不招來閒言閒語。

只要他的呼嚕聲稍大了一點，躺椅也可以輕輕搖晃了起來。我就靜靜地在外公身邊待着。在這樣一個數十年來都幾近不變，似被遺忘的地方，我彷彿可以重溫很多年前，母親若秀所度過的那些孤寂的日子。我會想像，那些風聲雨聲，都是依舊的嗎？都是母親曾經聽過的？對母親，更加有了一份憐惜之心。

我倍加感受到自己的幸福。

有時待了很長時間，外公突然醒來。在看到我的那一瞬間，露出的簡直是無法形容的驚喜，只懂得叫「阿雨，阿雨。」

我外公一生都吝嗇的慈祥的目光，都滿溢了出來。

只有在這個時候，他才變成了一個正常的人，一個慈祥的爺爺該有的樣子。

所以，我真正認識的外公，是慈祥的。

我看得出，他是不相信有這麼一個外孫女的，那麼斯文、得體，年輕、漂亮。在眉宇之間，竟是有着秀美的影子。

他的片言隻語，他的種種包括很細微的舉止，都顯出了他的這種微妙心態。

外公非常落魄的現狀，應該會極大加重他的這種心態。他肯定會想，原本應該是他最親的人，都不再跟他有甚麼關係了，都已棄他而去。是他自己，失去了有這樣出色親人的資格。

僅憑我外公整個人的臃腫體形，已可以輕易看出他患上的慢性病。他放棄了自己，繼續放縱自己，沒有認真控制，嚴重的糖尿病併發症，終於導致他的左腿被截肢。他當然已完全失去了自理的能力。

我幫他申請入住政府資助的老人院，不然，還有甚麼地方可以讓他去呢？

人間有情，也是無情。是否可以說，外公對人間是無情的嗎？無情的人，得到的回報要是無情，也是無話可說。

在做手續的過程中，到底也讓我體會了一個無依無靠的人到了晚年的淒涼。這樣的感悟，不僅是從外公身上得到的，也是從其他同等命運的人身上得到的。

一切都太晚了。

第九幕

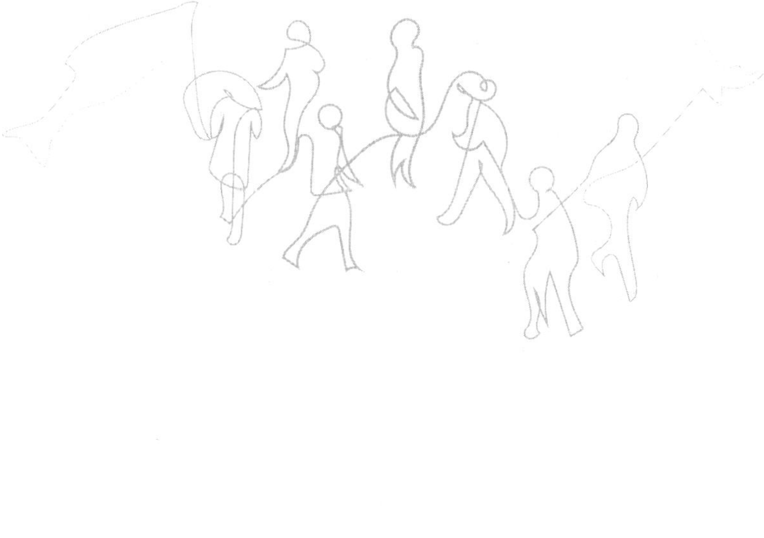

53、陳芳雨 (6)．母親的痛哭

像我外公這樣心性的人，一旦入住老人院，相當於為他制造一個慢性自殺的環境。明知是這樣，也愛莫能助。

自己對別人的愛，即便是最親的人之間，也要慢慢地積累，讓對方感受到。別人對自己的愛，也是需要一個慢慢積累的過程，怎有可能一下子愛起來，會濃烈得化不開？要是積累起來的是怨和恨，怎有可能變成了愛！

入住護老院，身邊都是謙卑的、愁眉苦臉的人。大吃大喝，開懷大笑的痛快日子已經遠外公而去。

我知道，有一件事，必然對我外公造成致命的創傷：跟他日夕相處的，全是他昔日完全不看在眼內的人。而現在，他必須跟他們過起被一視同仁的日子，他並沒有甚麼特別尊貴的地方。這樣的日子就會過得很孤寂，很氣悶，而他又分明再沒有離開的能力了，眼前的一切，都是他今生最終的歸宿了。以他的殘疾之軀，他成了別人的累贅了，他愈來愈需要依賴人家的幫忙。

一切都發生了根本性的變化。不是他給人家臉色，而是人家把臉色給他看。這是一個人到了某種處境就必須接受的現實，只有親歷過了，才會明白其中的難受。

我外公的死，是一次真正的解脱。不僅是他，對於家人來説，也都是如此，因為家人都不知道要怎樣跟他相處。在他入住老人院後，家人都面對了一個問題，去探望他好呢？還是不去好呢？

結果是我常去探他，我母親若秀偶然去一、二次。其他的人一想起去探望他時，已完全沒有了親情的感覺，對着他，説甚麼話好呢？彼此只會尷尬，都沒有去探他。

至於他的豬朋狗友，就更加別指望他們去探他了。

我想起曾外婆蔡烏願生前很低微，但她去世後，得到的是家人永遠的懷念，這當中，有着怎樣的差別呢？

外公舉行喪禮時，靈堂很冷清，這也是很正常的事，身後蕭條，是普通小人物的寫照。

外公的死卻是叫人唏噓，外公很明顯想活得精彩，但他想活得精彩的方式是傷害了他人。結局卻不過如此。

外公唯我獨尊，常常傷害了人，永遠都不當是一回事。這樣的人，正常人應該都會把他當是「生人勿近」。

喪禮上，母親神情木然，眼神迷惘。我一步都沒有離開她。我感到，母親在此刻特別希望我在她身邊。

母親突然掩着臉，雙肩顫抖得很厲害。母親無法抑制地痛哭了起來。

我相信母親有一種情感，一直是在極力抑制的，強自把這個情感壓抑在心的最深處。母親的眼神平日裏確實時不時露出迷惘，對她的生命影響很重大的一件事，她始終想不明白。這種迷惘眼神一直帶到靈堂。

母親會這麼想嗎？我不過是微小人物，怎麼我的命運竟然會變成這樣？說是不幸嗎？然而，我現況不是很好嗎？命運怎麼安排一個這樣的父親給我？

我此刻相信，長期以來無法解開的迷惘，把母親的心靈都扭曲了。任何扭曲，肉體的、精神上的，都會很痛。

母親終於會痛哭起來，是不是意味着，母親終於可以把折磨她幾近一生的迷惘放下，心靈上開始有了痊癒的轉機。觸及靈魂傷口的哭，必然是很強烈的。

母親跟外婆的親情迷惘，早已解開，對於母親來說，是很重大的一件事。外公死了，母親最後的迷惘，也消失了。這是大好事。

我把母親抱在懷裏，當是一個小孩那麼呵護。如果在這種情況下，我不會哭，那是無法想像的。

我們母女哭成一團，在場的人也不感到奇怪，畢竟是生離死別的時刻。

有人唏噓着說，畢竟是父女，再大的怨恨，親情是斷絕不了的。萬幸若秀有這樣的乖巧的女兒，也算是芳雨替母親若秀盡了孝道。大哥洪這個人，到了極之潦倒的晚年，竟然還有這麼一個外孫女來關心他，你說他哪裏修來的福氣。

我對外公的關懷，看在母親眼裏，她是會對我心存感激吧！

不知是不是這樣。

至少在心靈上，她減少了自責的壓力。

54、陳芳雨 (7)・愛情價值觀

我曾跟紅姐有過一番談話，我說，我有一個很大的疑惑，為甚麼我家的女性，婚姻都是不幸的呢？我曾外婆蔡烏願就不用說了，外婆秀美的第一次婚姻是如此不堪，我母親若秀也不見理想。

紅姐就是李芳紅，是我跟大家這樣叫她的。她跟我外婆宛如姊妹，已親如家人。如按親人的稱呼，我真不知該如何稱呼她。不過，紅姐也是很親切的稱呼，所以我才會向她提出這樣的問題。

我還說，我們家裏女子的婚姻總是那麼艱難，男人也不見得容易，像我父親這麼完美的男人，他會覺得他的婚姻快樂嗎？

紅姐聽了笑了起來。

你就覺得你父親很完美？

一般男子而論，已很不錯。

紅姐聽了又大笑起來。有了美好婚姻的女子，講起婚姻來，精神面貌畢竟不同。

紅姐講起了一種我還未曾聽過的婚姻觀。

紅姐說，我們那一代女子，有一種絕望，你是意想不到的。在我們生活其中的保守、傳統社會裏，一個女子嫁杳無期，是很可怕，會引起內心很焦慮的事。要解決婚姻大事，通常是只有一條路，那就是你一定也聽聞過的「父母之命，媒妁之言」。

我舉個很簡單例子，很聰明的你很容易聽了就會明白。我們生活其中的族群圈子太狹窄了，絕對像樊籠，自己飛不出去，外面的也休想飛得進來。我們那一代的女子，能遇上的可以相戀的人，能有多少個呢？可以說是完全沒有。只有「偶遇」，才能找到真愛，才能找到如意郎君。

我點了點頭，我明白。

我說，紅姐的戀愛故事，不就是個最好例子，「偶遇」是個重要因素。

紅姐說，絕望，卻又往往會催生一些浪漫的想法，只有這樣，才能安撫一下心靈。

紅姐說，我說出一種婚姻觀，你也許會感到奇怪，甚至不可思議。不過，我們這一代女子，確實有過這樣的想法：族群小圈子有某個青年男子，天生總是有着這麼一個同在族群圈子，跟他般配的女子，注定要跟他廝守一生。雖然，互不相識，但只要到了適婚年齡，經由父母之命，媒妁之言，就可以撮合在一起。這就是天定良緣。

也可以這樣想，族群小圈子某個青年女子，天生總是有着這麼一個同在族群圈子，跟她般配的男子，注定要跟她廝守一生。

接着也可以這樣想，青年男子的未來配偶，有的真的很有姿色，性情溫柔。年青女子的終身伴侶，有的也很俊朗，性情開朗，勤奮耐勞。

抱着這樣的想法，對「父母之命，媒妁之言」的傳統婚姻方式，就不會那麼抗拒，就會較釋然了吧！

接着再想下去，族群圈子中的女子，通常也是很出色的，她們身上潛藏的力量大得不可思議，可以在男人最危難的時候，不動聲息地把他扶起，而不失他的尊嚴。當他很沮喪，覺得簡直無法再承受生活壓力的時候，妻子樂觀的笑聲挽救了他。

這類女子雖然力量很大，心的天地卻可以很小，小得只夠容納一個丈夫佔有，一直要等到生兒育女，才肯把心的部分讓了出來。

很願意為了丈夫，把整個生命豁出去，至死不渝。

那麼，「父母之命，媒妁之言」不但不是不好，而且是非常之好呀！這樣的美好女子不是幻想出來的，而是真真正正存在的呀！

聽了紅姐這樣説，我也笑了。即便是在狹窄的族群圈子裏，出色的青年男女比比皆是。欠缺的不過是自由戀愛這麼一種愛情方式撮合他們。

眼前的紅姐，不就是最現成的一個出色女子嗎？娶了她就是娶了一個出色女子。

李芳紅樣貌並不那麼甜美。少女時代也許不同，生活的風霜把她曾有的美貌打了個折扣。但她笑了起來依然很甜美。因為在笑的裏面有些元素是永恆的，那就是善和純真。

當然更可貴是她的勤奮耐勞，堅韌得叫人吃驚的生命力。正如她自己説的，族群中的女子，身上潛伏的力量大得不可思議，可以在男人最危難的時候，不動聲息地把他扶起，而不失他的尊嚴。

紅姐説，阿雨，你也説了，你父親陳雨航就是狹窄族群圈子裏的一個出色青年男子呀！只不過，他娶的若秀，初期的表現不太理想，但共同捱過了艱難時期，不是也很好嗎？

我也笑了起來。

當然，不可能把紅姐的這番話過於浪漫化，就我所見，太多平庸的夫妻，長時期過着平庸的婚姻生活，似乎是她們願意過的一種生活方式，沒有意願去改變。這樣的婚姻，也算不幸，也算得不到如意郎君嗎？如果算是的話，太多家庭，特別是我所熟悉的一般家庭，都是如此過日子，就不當是一回事了。

只有對生活還有點感覺的人，才會感到不妥，但也因此會感到痛苦。安於現狀，應該是最好的選擇了。

55、宋若美(5)·母女的笑紋

輪到我作為家族的新一代，為家族簡史增添點新的內容嗎？我的生活太順遂了，比起家族拓荒者施烏願、母親秀美所經歷的難以想像的艱辛生活，我是在溫室裏成長，無風也無雨，只是專心讀書，就沒有甚麼跌宕起伏的故事了。

這樣過好日子還會被人稱讚，說我聰明，很有前途。我聽了也不好意思。

與同母異父的若秀的成長比較，我的幸福快樂更加顯著。

那麼就談這些嗎？因為這就是我真正的生活。這也顯示我們的家族向好的方向發展。

我遇上的美好時光，其實也是很尋常的，只是我是我們家族裏第一個有福氣享受到，就顯得很稀罕了。

我所憶念的生活片段，都成了現在正常成長的孩子都會有的美好時光。

在繁華鬧市，被抱在父親臂彎，跨過寬闊馬路，眼前都是人山人海，我就在無數次這樣的見識裏，熟悉了都市面貌：熱鬧、喧囂、五光十色。父女通常會隨着人流，走進著名的快餐連鎖店，通常也都可以看到很多帶着孩子而來的父母，好像這些地方是父母一定要帶孩子來朝聖的地方。

香噴噴的家鄉雞和漢堡包。要是在炎夏，必定還會有一客冰凍可口的雪糕。

遊樂場的歡樂時光，海洋公園的海闊天空，淺水灣海灘玩泥沙戲水，都是一定要去見識的。

在我的記憶裏，還少不了維多利亞公園的大草坪。

翠綠色的草地，踏上去軟綿綿的。黃昏金黃色陽光，鋪在綠茵上。我踏着小小的腳板，小草就把我的小腳板淹沒，但更像呵護着我。在我的記憶裏，草坪是無邊無際，這是孩子的視角。而孩子的視角，不必調校，都是最美麗的。

那時候，時興玩飛碟，手裏拿着碟狀的塑膠玩具，用力一揮，飛碟在空中飛行，父女也在草地上奔跑着，要抓住即將着落的飛碟。在奔跑中，緊張而又歡快地呼喊着，有了刺激才有生活的樂趣。

父母會緊張地為我抹汗，我變成了小公主的模樣。

之後，會去大草坪旁邊的食亭，享受美食。

不是都是很尋常的嗎？尋常而又美麗，才會最記得。

若秀的童年哪裏有這些。

我和母親秀美還有一個很親暱的故事。那也是個很溫馨、動人的生活片刻。

我記得那一年，我約五歲，就讀的幼稚園舉行歡樂茶聚。媽媽秀美跟我被安排齊齊坐在一條小板凳上。

茶聚規定，出席的學生與家長都要輪流做一回主角，終於輪到我們母女了。

通常，主持人為了營造熱鬧、親切的氣氛，縱使只不過是些微小事，也會極力引導，逗得大家笑得前仰後合才算盡興。出席者誰都喜歡這樣，無非尋個開懷的機會。

母親雖然生性樂觀開朗，性格卻略為含蓄，不擅搞笑，這樣的性格也遺傳給了我。

但意外的，真正最能逗得大家笑得人仰馬翻的，卻是我們母女。

也許我們真的展現出了一個從未見過的奇妙情景。

大家真切看到我們這對排排坐的母女，在一次不算是開懷大笑的時候，同時從眉角、眼角、嘴角徐徐蕩漾出來的笑紋和酒窩，竟是如此相似。

一個小女孩和一個成熟女人在輪廓驚人相似的臉龐上，展現一模一樣的笑紋和酒窩，雖是呈現了不同年紀段的不同韻味，但互相輝映所展現出來的效果很別緻。同時體現出來的真善美，既叫人覺得很意外、驚訝，看起來也真是很可愛，很賞心悅目。

也不必我們這對母女再作甚麼其他表演了，因為這已經逗得大家笑作一團，也許更多的是出於愛慕。

讓一大群人同時覺得母女很神似，並且還是可愛而美麗的，這真是價值連城了，有多少對母女能有這樣的幸運？

還有甚麼比這更珍貴的呢？

但我跟若秀，也同樣有這麼一次歡笑。

那是由一次很意外的事情引發的。

那也是週末，我們姊妹倆在一間茶餐廳喝下午茶。

我叫了一客紅豆冰，若秀叫了一杯奶茶。

奶茶和紅豆冰都送來了。

我因為移動枱上的東西，不慎把紅豆冰碰着了。

說時遲，那時快，就在裝紅豆冰的玻璃杯快要傾倒的剎那，我和若秀竟然同時都用迅雷不及掩耳的動作，伸出手來，並且都十分神奇地，各自抓住了裝紅豆冰的玻璃杯的一半。我抓住玻璃杯的上半部，若秀抓住玻璃杯的下半部，配合得太好了，玻璃杯就穩穩地立在枱上。

動作都是出於本能，沒有一點思考的餘地。

這種本能，說明了人是不願看到任何東西受到破壞。

我們姊妹倆為這不可思議的奇跡驚呆了，繼而大笑了起來，這種時候的笑是不可抑制的，是會忘我的，笑得真是前仰後合了，讓其他茶客也都側目。我們不理會。

在我看來，若秀那時候真的拋棄了憂愁，盡情笑了起來。

原來，有這麼一些時刻，是任何人都抗拒不了，而笑了起來的。但創造這樣的時刻，還是需要有輕鬆的心情，才創造得出來。

若秀的開懷大笑讓我看到若秀罕見的嫵媚，因為是沒有防備的，那些平時收藏得密密實實的笑紋，突然都從眉角，眼角、嘴角顯現了出來，很神奇，這個姐姐好可愛呀！不是跟我和母親一樣嗎？

我後來把這件事對母親秀美說了，我還笑着說：「想不到阿秀會跟我們一樣，有這樣神似的笑紋和酒窩，多奇妙呀！」

我以為母親也會笑起來，不料她聽了，只轉過身，舉手掩着臉，哭了起來。

一句話，會產生很大的力量。說的人也許不知道有這樣的效果，但聽到的人，如果是被說到痛處，就會很痛，如果被說到了很感觸的事，就會哭。

56、宋若美(6)・充滿親情的保溫壺

若秀不快樂的童年成長故事，讓我對她產生倍加的憐愛，我們培育了真摯的姊妹情。

但我們曾經是如此難以接近。

芳雨有一次笑着對我説，她也不怕媽的惱怒，對媽説，你不覺得你太沉重了嗎？有時真的會嚇怕人的，你連笑都不懂得笑出來了。

芳雨接着又説，媽縱使偶然展露了歡顏來，總像是被擠被迫，很無奈，才流露出來的，好像笑是痛苦的，而不是歡樂的。笑往往是點到即止的淺然微笑，未能盡展笑紋。別説對着別人，即便是面對着親人，笑也總是出於客氣的多，笑只是用來應酬的一種工具。媽，你就真的覺得這樣好嗎？

可見若秀的心裏的鬱結有多深。

我的生活裏出現了這麼一個片刻，也許在我們的生活裏是關鍵的。

那時，我爸媽已初具經濟能力，自置了一個小單位。母親秀美選址的時候，特別選在若秀一

家租住的大樓附近。

有一天黃昏，母親陪着我走到若秀一家租住大樓的樓下，我手裏提着偌大的保溫壺。母親神情憂鬱。生活裏的一切愈來愈好，母親的神色卻時常顯得愈來愈落寞、憂慮。她的女兒還過着租用房子的日子，母女關係還是冰冷，最心掛的是她的外孫女芳雨。

我拍着心口說：「阿媽，你放心，我這一次去，保證不勝無歸。」

縱使這樣，都無法讓母親展露歡顏。

我是有準備的，我決定喧賓奪主。

我一入門，笑瞇瞇的，一見就說：「家姐，我是若美呀！我帶了好食的東西給阿雨吃，外婆說，阿雨一定喜歡。」一見面，就像一家人那麼親切，不容若秀多想，已採取了具體行動：「家姐，碗筷在哪裏？媽說要趁熱吃。」

剛說完，又拉緊若秀不放，說：「家姐，在哪裏？下次來，我就知道怎樣去找了。」然後又低聲在她的耳畔說：「媽要讓阿雨對我好感，親自把好吃的東西拿給她吃。我要盡快跟阿雨建立感情，要是我僅把保溫壺放下，一切都由你來，就做不到了。家姐，求求你啦。」說着，我又用手搖了搖她，撒嬌這一招都使了出來了。

我想，有時候適當的撒嬌，就是表達溫情的很大力量。撒嬌代表雙方已很親近。

母親害怕親自把保溫壺送上來，她肯定擔心若秀情緒病又爆發，又會說出不合情理的話：「唔通我無用到連女兒的溫飽都顧不了，要你來操心。」這樣一種務求讓對方撕心裂肺的話。那就更加不可收拾了。

我明白，若秀是需要親情的慰藉，面對這麼一個初見面的熱情的純真女孩，她的心也會融化。她只好按着我的意思做，到廚房找碗筷，我跟着她去，一邊說：「多謝家姐給了這個機會。」我把保溫壺裏的食物倒到碗裏，她在旁看着，似乎要是一發現我姐手姐腳的話，就隨時幫上忙。

我練習過的，還算手腳利落。若秀以有趣的目光看着我。我真的希望若秀這時候心裏想的是：我真的有這麼一個可愛的妹妹嗎？然後，心裏頗為濃烈的妒忌心，一下子清除了，變得無影無蹤。

我跟若秀到了已可以說知心話的時候，說過：「我的日子過得最順遂，已可以像是溫室小花那般地成長，家姐和母親的童年則在街上的淒風苦雨中度過。芳雨來到了關鍵成長時期，母親就變得很焦慮。家姐和母親要在街上度過，那是迫於經濟環境，是百般無奈才如此。現在經濟條件已很好了，可以讓芳雨正常的健康成長，如果我們繼續讓芳雨在不理想的環境下成長，有好吃的東西不讓她享用，我們不是都失智了嗎？」

那一天我成功完成任務，提了空了的保溫壺下樓來，心情太愉快了，覺得可以跟母親開了一個殘忍的玩笑。

我佯裝提着的保溫壺，依然是沉甸甸的，走路有氣無力，十足沮喪的樣子。母親看見我慢吞吞走着，臉色都變得蒼白了。一個原本很精明的人，要是心事太重的話，就會連基本的思維能力都失去了。母親也不會想到，我在上面逗留的時間愈長，就愈顯示事情有了轉機。

我佯裝的樣子很像，我一面用抱怨的語氣説：「媽，你派給我的好差事。」一面把保溫壺遞給她。母親不防有詐，接過空保溫壺，反而手往下沉，面露疑惑。我馬上説：「你個叻女不是早已向你保證，不勝無歸！」我以為母親會像一般人在這種情況下的反應，會佯裝拍打我。想不到母親卻像虛脱了一般，身子癱了下去，要倒地了，空保溫壺快要掉到地上。我連忙扶着母親，接過空保溫壺。母親彎身哭了起來，我也哭了起來。

「你為甚麼要這樣嚇我呢？你這個傻女。」母親喜極而泣。

親情的力量是無可衡量的。

親情是無價寶。

親情似乎是唾手可得，其實是世界上最珍貴的東西呀！

57、宋若美 (7)・美味食物

此後，我每天都去探訪芳雨，都選在同一個時間。保溫壺裏裝着的食物有時是粥，有時是麵，有時是炒飯。或者是意想不到的好味食物。母親花了不少心思，想來是想讓芳雨每天都有期待。

有一種情況可以想像，若秀當時哪裏有心思和能力煮出甚麼好東西，不過是供溫飽的粗茶淡飯，一般人家都是這樣過日子。外婆煮給心愛的外孫女吃的食物，就不得了了，都是花了心思特製的，哪裏會有半點隨便，好吃的程度自然不比一般。孩子都是純真的，芳雨對這樣的美食每天已有一份期盼，是誰都可以看得出的。如果這樣期盼不能按時得到滿足，芳雨會怎樣呢？

我第一次看到芳雨，她就坐在板間房裏的一張低矮的書枱前，做着功課，看見有個陌生的女孩來，睜着圓圓的眼睛，好奇地看着來客。沉靜的雙眼一轉，那樣一種突然顯露出來的聰慧，可以把人的魂魄奪了去。一個人喜歡另一個人，不需要太多的理由，一個理由已經很足夠了。

我跟芳雨很有緣份。有種奇怪的心理，只是有一點遺憾，要是她是我妹妹，就更完美了。

那個黃昏，我一上來就對若秀說：「媽希望芳雨跟我在一起溫習功課。我們那裏的環境安靜，適合溫習。我也許也可以幫她溫習一點功課。她有甚麼不太懂得的，我相信我可以及時輔導她。」

若秀聽了我這樣說，站在那裏，呆了很久。

「芳雨到了這個時候，學習就變得很關鍵了。取得較好成績，就可以報到一間較好中學。有了較好中學，以後上大學就有保證了。上了大學，以後找工作，就完全不同了。香港這個地方，就是讀書都是很講實際的，絕對不能掉以輕心。」我說。

然後我又說：「是我自己想對你說的，我最清楚，芳雨到了這個年紀，是需要有個人陪着了。我就是這樣。家姐你也很難一直陪着她吧。我們一起溫習真是太理想不過了。」

我的這一番話，顯然即時打動了她，我已懂得打動一個母親的心，說的道理不由得她不點頭。有哪個母親是不愛自己的親生骨肉的呢？

我母親確實很關心芳雨的教育的。

若秀聽了我這麼說，呆在那裏她站的地方很久很久，我走近她，雙手搭在她的肩膀上，然後把她拉進懷裏。我感到她的身體在抖動。我知道她哭了。

我在她的耳畔說：「媽吩咐我的話我都說了。我覺得媽說的話很對。阿雨很喜歡我，我也很喜歡她。沒有你的點頭，一切都要化為烏有。我其實比你任性，所以我現在要親自看到你點頭。」

過了好久，情緒平復了，若秀苦笑着說：「媽要你說的恐怕還不止這些。她可能還有這些話：阿秀，不要再意氣用事了，我們應該一起努力，確保阿雨的健康成長才是。」

我把若秀摟得更緊了。我說：「要是媽真的還有這些話，那不是說明媽很緊張芳雨的一切嗎？我比你任性，所以我現在要親自看到你點頭。」

「你說這是你的任性嗎？哪裏容得我不點頭。我的點頭很艱難，不是不願意，而是難為情。這個感覺太特別了。」

親情的修復，需要很多的淚水。母親也是會哭吧。我終於能夠理解到，那是一種在艱難過後享到的幸福的哭。

我為我們家族的簡史添上了親情這一筆，覺得很有意思，有甚麼比起破裂的親情得到彌補更加重要呢？

我和芳雨有了好幾年很密切的相處，對我和阿雨的成長都很重要，很關鍵。

我們的相處很微妙。年紀相距六、七歲，真像一對姊妹花。但姨甥的輩份也是事實，對我們又產生了一種無影無蹤的微妙影響。阿雨很乖巧，完全視我為她的補習老師，當然對我敬重有加。

我即使還沒有稱得上的成熟韻味，在阿雨的感覺裏，卻一定是會有的。

我們相處，有別於其他孩子，很少嬉玩，顯得過於正經了。大部分時間都用在功課上。所以成績都很好。

處境艱難的親人，無法互相扶持的人很多，這是慘淡人生的一種，面對了，誰也改變不了。

我和芳雨在優渥的環境下相親相愛，互相砥礪，是我們的福氣。

芳雨是這麼一個罕見的伶俐、聰明、懂事、溫柔、善解人意的女孩，作為她的親人，更加是我的福氣。

58、宋若美(8)・廣告牌和酒味

有時，我會慶幸我曾生活於基層，讓我見識了民間疾苦。後來我讀書愈來愈多，就像被關進了象牙塔裏，脱離了現實人生。以我的想法，多點認識慘淡的人生，對人生才會有更全面的認識。是很珍貴的經驗。

先是亞洲金融風暴來襲，然後令人聞風喪膽的禽流感和沙士的肆虐接踵而來，我曾目睹一些生活片刻，留下了很深刻印象。

無論是金融風暴，還是瘟疫肆虐，基層人士都害怕，但更害怕的是生活無着。通常只能首當其衝，一籌莫展。

無論是金融風暴，還是瘟疫肆虐，到了最嚴重時，造成的滿目瘡痍，觸目驚心，每天返學放學都可以看到。最觸目的是很多空置的店鋪，形成難得一見的奇觀。

我最記得的是，鬧市一間原本很搶手的旺鋪，空置了。

各間地產代理公司競相把招租牌或招租紙，掛上，釘上，或張貼了上去。最醒目、也最有威勢的是一塊高高釘在最上面的偌大木板招租牌，上面印有斗大的地產公司名稱，聯絡電話，展現一種王者霸氣。

更加觸目驚心的是，緊閉的店鋪鐵閘成了主戰場，來自各個地產代理公司的招租單張，以「紙海戰術」把店鋪鐵閘上的所有空位，都貼滿了。後來者找不到空間，就在原先的招租單張上，再張貼上去，就這樣，一層又一層的貼了上去。店門成了外貌奇特的廣告海洋，鐵閘就像披上了一件由無數裁縫一起縫制的奇裝異服，衣服上有無數嘴巴，眾口一辭地喊着：「來租吧，我是好幫手。」聲調淒厲。

這樣的鏡頭留在我的腦海裏，讓我開始學會了怎樣觀察社會。

我曾經聽到路人在議論。

「你估還會不會有地產經紀來貼招紙？」

「當然，這是旺鋪。」

「那就要愈貼愈厚了。」

「我擔心有一天，這些貼紙會剝落下來，像一堵牆那樣壓死人。」

「還是不宜在這裏久留。」

兩人說完，嘻嘻哈哈走開了。

我開始認識到，任何災難，包括自然災難、瘟疫肆虐還是金融危機，一旦降臨，遭遇最慘的不是物，物所呈現出來的慘況只是現象。要承受一切苦難的是人。人最悲慘。

那個時候，給我留下印象的還有酒。

即使是過了很多年，回憶時，依然可以嗅到那個特別時期的濃烈酒味。

如果僅是酒味，也不會這樣濃烈，主要是喝酒的人，在眉宇間散發出的無邊無際的苦味，比酒更濃。

我上大學後，社交活動遠遠超出了以往的日子，開始明白了凡舉喜慶場合，都離開不了酒，啤酒、紅酒、威士忌，或説不出名堂的更名貴的酒類。酒的品牌愈高級的場合，不言而喻，就代表着那個場合愈隆重，出席的賓客身價愈高。要是慶功宴，就更加少不了酒，大家舉着酒杯，顯出了格外的亢奮，代表着成就和喜悦。

同樣是酒，卻是有喜酒和苦酒之分。

苦酒代表了完全不同的另一種境況，喝的不會是講究品牌的名酒，通常是劣酒。

覆巢之下，豈有完卵？這句話説得好。

大環境的變化愈來愈嚴重，首當其衝的是底層小人物，他們最傷，也最徬徨。

因為手停口停。

我自小就見慣了這樣的場面。

我慶幸有這樣的生活體歷。

但我會這樣説，因為我的生活已可以無憂無慮。

放學回家，經過春秧街，總可以看到街頭那幾張長板凳上，坐着失業的男人，在那裏互通消息。就是春秧街街頭那幾張總是坐着長者在悠閒聊天的長板凳。

失業的人，神色當然不會是悠閒的了，氣氛也有了改變。他們有的手裏拿着啤酒，有的手裏夾着香煙。有的人説着説着，竟然還會表現得興奮莫名，手舞足蹈起來，其實愁苦再怎樣都擺脱不了。

那時候，我一家人還住在板間房裏，就是一個居住單位間隔成很多板間房的那一種。這些居住單位總有失業男人。

因而，與我距離更接近的，就是這些回家後仍無着落的失業男人，他們一進門就帶進了一陣酒味，這樣的酒味已可以説明了他們的境況。當這樣的酒味積聚不散，也就成了他們的失意的象徵。手停口停的人，到了山窮水盡不能自已的地步，只能借酒療愁療傷了。我親身看到，就明白了活生生的現實，有多苦澀。

我就更能理解外婆蔡烏願、母親等長輩曾經有過的生活上的徬徨。慘淡人生是很具體的。

59、宋若美 (9)・集體美味早餐

在我的記憶裏，更大的震撼，要算是二〇〇三年沙士爆發時期。

大概誰都會同意，這算是一場災難了。當然，遠不及後來新冠病毒的肆虐。只是，當時沙士也是新的病毒，來歷不明，香港人談起來，都感到風聲鶴唳。

在疫魔肆虐期間，出現集體的恐慌，集體的隔離。種種驚心動魄的災難場面，包括死亡在內的主要情節，還有救死扶傷的英雄人物，就像一部災難電影那般跌宕起伏。所有這些經驗，都成了後來應付更嚇人的新冠病毒的基礎。

不過，能夠留在我的腦海裏的，仍是身邊小事。一個小女孩，能遇上甚麼大事呢？要是遇上大事，必然就是個悲劇了。

回味着這些往事，我更能明白當時事態的嚴重，明白到重大的事件，必然有轟轟烈烈的場面，但很多看似微不足道的事，要是沒有熱心的有心人去做，很可能也會出現悲劇。

那個時期，母親每晚深夜回家，都會從粥麵店帶些粥品和炒麵回來，有時也有鬆糕、腸粉甚至肉糭等。翌日早晨，屋裏的孩子圍坐在廳裏的圓桌，一碗碗翻熱過的熱粥，一碟碟炒麵就端了出來了。我沒有例外，跟孩子們圍坐在一起，人家吃甚麼，我也就吃甚麼。想了起來，真是童年時期一段最快樂的奇妙日子。我後來就相信，有些特別的經歷會帶來特別的快樂，更重要的是，因這些經歷得到的心靈上的領悟，不是金錢可以買得到的。我想，如果是自己單獨一個人吃，吃的是同樣東西，還會吃得那麼有滋有味嗎？至少不會這麼強烈感受到這些食物的珍貴。看着童伴們吃得津津有味，有的甚至是狼吞虎嚥，吃的感覺就完全不同了。母親們圍在孩子們身邊，有說有笑，也就像是加添的味精，益感美味了。

每天這樣一段快樂的時光作為開始，艱苦時期再怎樣苦澀，也可以把苦味沖淡一些。

我後來才會明白，那段日子，母親這樣做，有着一個更深的意義。

瘟疫來襲，極有可能比起金融危機帶來的破壞力更大。當然會有更多人失業。一個不大的單位，住了二十來個人，都是擺脫不了貧困的。要是失業，就更加添徬徨失措，這樣的擠迫環境和惡劣心境，最容易觸發磨擦。要是相處得不好，就會變成困鬥獸，再怎樣鬥，門外的人都不會知道，也幫不上忙。要是甚麼都是你爭我奪，那麼，一切都亂了，日子該怎樣度過呢？

應該要有人擔當潤滑劑，把大家引向和諧相處的方向。

我阿爸阿媽就想到這一點了。

當然，做這樣的事，要有點能力。阿爸阿媽算是這群人中，最有經濟能力的了。

當然，也需要有點慷慨的氣度。阿爸阿媽恰好有這樣的氣度。

凡是瘟疫來襲，首當其衝必然是飲食業。阿爸阿媽經營粥麵店也很艱難。母親常說，縱使自己很困難，畢竟還是比其他人好。

我不知道，這麼一件小事，是否值得記下來，記在我們家族的簡史裏。

我記得的是，在沉鬱的氣氛裏，還能出現熱鬧的快樂的氣氛，很特別，那麼一種溫情在我心裏升起，感到很愉快。

這種溫情的體驗是很具體的，在每天孩子們集體吃早餐的過程中體驗到，體驗很具體就會留下深刻印象。

那時我已想到讓這種溫情影響我的一生，那是多麼美好的事。現在我已決定讓這種溫情陪伴我的一生。

日後，只要我願意，不難享受到高薪厚職，但我是在艱難環境中享受到這種溫情，確實很特別。

所以對我來說，這麼一件小事，是值得記下來的。

我母親秀美看見我記下了這麼一段，是否會感到很驚奇？怎麼這麼一個小女孩，也留意，並且記得了這個細節。

我相信她一定很高興我把這個細節寫在我們的家族簡史裏。只要寫得平實、誠懇，就不會給人炫耀的感覺。因為寫的目的，就是為了讚賞這種溫情。

第十幕

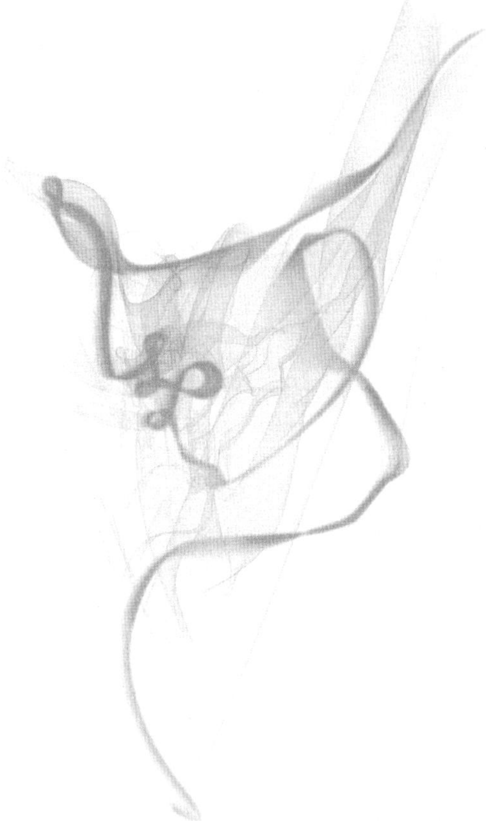

60、陳芳雨 (8)·我心裏的親情

輪到我為家族簡史增添一點內容了，那是義不容辭的。我想，除了寫親情，還有甚麼更好，更值得寫的呢？

對我來說，更加是理所應當的，沒有了親情，我會變成怎樣呢？我是被圍繞在親情裏成長的。

我跟若美一樣，我們的記憶，都還只是一些碎片，還很少，難以連在一起，成為讓我們可以騁馳其中的巨大記憶草原。

我們的經歷還太少。

我懷念我跟若美一起度過的那些青蔥歲月，都是最平凡的日子，但我很容易就能想起我們在一起快樂生活片段。都是無價的。

我首先想起的，就是這一些。

我記得清楚，若美雖然大學畢業，有時仍會回校參加一些活動。

那一回，難得在大學餐廳巧遇。

我們面對面坐着。

我們都點了意大利意粉。

我知道，我確實是儉樸慣了，不過在若美眼裏，我的儉樸未免太過份了。

這一回，我更加真切地在若美的眼神裏看到了這一點。

若美的眼神裏藏着不少的潛台詞，都忍不住要説出來了。若美似乎在説，我知道，你外婆一定會給你零用錢。你當然不肯要，但外婆肯嗎？我知道她一定會説，我只得一個這麼值得我疼惜的乖巧外孫女，我現在有這個能力，你不接受，我只會難受一世，再也不能安心。只不過你呀，不論袋裏有多少錢，儉樸卻已是你習慣了的生活方式！要用外婆辛苦掙來的錢揮霍，倒是會有不安、不快樂的感覺。你不就是這麼想嗎？你哪裏瞞得過我。但你這麼儉樸，你外婆知道了，不是也會很心疼！

當時，若美很快把一碟意大利意粉吃個清光，放下刀叉，目光就有點專注地放在我的身上。

我只顧低着頭慢慢地吃。在若美眼中，我的樣子是吃得津津有味，似乎因為好味，就放慢吃着，好像一下子吃光，就沒有了，得把每條意大利粉都品嚐透了。

所有這些，也不光是我一個人猜想的。

過了不久之後，我跟若美碰面時，她又談起我們這次偶遇。

若美説，你吃完後放下刀叉，抬頭正看見我凝神望着你，眉宇間乍現了一個婉約笑容，多麼從容自信，就是這個神情觸動了我。在這瞬間，我感到你真的脱胎換骨了，你還記得我對你説過這樣的話嗎？

「阿雨，你應該多抽點空，到你外婆的粥麵店去，也讓你母親若秀多看看你，你外婆也準備了很多好東西給你吃的。你要是還不去，有哪一天，我定要拉你去。」

我母親這時已到外婆的粥麵店做事了。外婆有讓母親做繼承人的意思。

若美在之前也不止一次對我説過這樣的話。

我輕輕笑了起來：「你這就不知道了，我去的次數，不知比起你多了多少倍。」

「有可能每天都去嗎？」

「我還去粥麵店實習哩。紅姐教我做腸粉。有空你去，我做給你吃。」

我故意作出很得意，很驕傲的樣子給若美看。

「我得到紅姐的真傳了。」

若美和我談起去外婆粥麵店的事，已不止一回了，這不是會叫人厭倦的話題，只會叫人快樂無比，叫我更加感覺到親情很重要，很溫馨，很叫人眷戀。

若美談起自己到母親粥麵店的那一回，記憶猶深。

正是中午時分，最繁忙的時候，店裏擺得下的幾張枱都坐滿了人，紅姐她們一見到她，都嚷着，千揀萬揀，就懂得揀這個時候來。

「我就知道這個時候最忙，是專誠要來幫忙的。」

「原來是這樣，但大小姐，看你姐手姐腳的，怕要阻住地球轉。」

「我母親生出來的女兒，就會這樣差？」

外婆秀美一見到她，早已抿着嘴笑着，母親若秀向她扮了個鬼臉，心裏早已快樂得開了花。

若美父親宋平從廚房伸了頭出來，其實都如獲至寶，停不下手來，卻都笑得很開心。

有熟客知道這是太子女，就誇她說，出落得愈來愈靚了，又讀了很多書，名副其實叻女一名。

宋平在廚房叫她，你要吃，只有廚房裏還有你一個位置。

若美說好，我要先來一碗綿滑香軟的粥。

「我就站着吃，熱廚房我是不進的。」

「你真應該常去，阿雨，讓人家當眾誇獎你，讓你母親若秀自豪一次。我真的不是說笑話，你真該讓若秀有這樣的機會，你會說這是虛榮，但人世就是需要一點虛榮。你也許還不太了解，這樣的機會對若秀有多大重要，你只要去一次，看看現場的氣氛，一切你也就可以明白了。」

若美說，阿雨，我每次說了這些話，你明亮的雙眼都閃了一下。

「那麼，後來你去了沒有。」

我確實去過，而且不止一次。確實，我母親若秀展露的歡顏，是我未曾見過的。

「你大小姐叫我去，我哪裏敢不去。」

「是不是像我說的那樣？」

「還會有別的嗎？不過，我最高興的，是有一回我去，外婆口中那個近乎傳奇人物的清潔女工也在座，果然是個很平凡又很容易惹人好感的好人。身處於這些人當中，心情當然會很好。」

我為甚麼這麼着迷於這些瑣事呢？在我的心裏，大概已不把這些當是小事，而是大事。

61、陳芳雨 (9)・機場送別

說到最叫我感到窩心的事了。

若美阿姨跟外婆自小關係就很親密，相處時就很輕鬆、有趣。她們在一起，就是要營造一個美好的世界。

阿姨經過多年努力，終於實現了自幼的夢想，要到美國深造了。

收拾行裝時，外婆就像所有母親一般，無時無刻都在若美身邊徘徊，百般事情都不放心，就算若美到了她的小房間，也是跟着不放。

依依不捨，就是這個樣子。

若美笑着說，媽，你就跟我一起出國吧。

外婆猛然抬起頭來，一下子反應不來。難道這位女兒，一旦真的要離開家，就六神無主了起來了嗎？

若美看着母親認真而又疑惑的神色，忍不住笑了起來。

若美說，媽，你知道我這一去，要多少年嗎？

不知道，至少也得幾年吧。

所以，你還能照顧得了我多少呢？

外婆的笑紋，徐徐在眉宇間顯露出來。

不是為你操心，我在為另一個需要我操心的人操心。我是在看那些東西芳雨用得着。你出國後，我要芳雨住進來。我更牽掛在心裏的是芳雨，不是你。雀鳥飛了出去，天大地大，你以為還會飛回來嗎？

外婆秀美一定早已明白，一個人愈有出息，就愈有機會離開自己呆着的地方。只有流動的水，才是活水，才會保持活力和新鮮。開明的外婆早在心理上作好了準備，在需要放下的地方，千萬不要執着，不然就妨礙了自己最親愛的人了。

雖有離別之痛，但還有甚麼，會比女兒的前途更重要。若美遠走高飛的能力和活力，是永遠也不必操心的。事實上，若美出國後，外婆不止一次對我說，若美阿姨比起我強得多了，我是不會擔心她的，只是牽掛而已。

阿姨就比外婆強嗎？表面上是這樣，我心裏當然不會同意外婆這樣的說法。我沒有說甚麼，不過，在我心裏，一個很堅定的想法是，曾外婆和外婆在那麼艱難的環境下求存，正如外婆對曾外婆的評價，是世界上最偉大的人物。

阿姨出國留學，在我家族來説，當然是件大事。當年曾外婆偷渡來港，是如此倉皇無助，到工廠打最辛苦的工，領取最低工資，在低層苦苦掙扎，歷盡艱辛。

終於到了這一天，子孫也可以有人跟別人的孩子一樣，出國留學，充滿信心。

若美阿姨出國留學，説這是我們家的榮耀，也沒有這樣的必要。這是很多人家已經做到的事，我們家族終於趕上了，大家都已在説，芳雨也是會出國留學的。

我們一家人終於也可以到機場送親人出國，是很新鮮的事，沿途的美景和宏偉建築，叫我們心情舒暢，我們土生土長的地方，很可愛呀！

我們的一切都變得好了，包括生活、前景，心情自然輕鬆得多，好得多。

愈接近機場，驟然感到，我們的親情，已濃得這樣化不開。這又是很新鮮的感覺。看看別人家，並沒有我們這樣的強烈反應。並不是別人家沒有我們這樣情感豐富，而是這是我們的首次經歷。

一向爽朗常露笑容的若美阿姨，一站在登機入閘口時，變成了淚人，她的淚盈於睫，是我第一次這樣真切看到的。

我的一向表情木然的母親若秀，簡直情緒崩潰了，何止是哭成淚人。也許就是在這離別的一刻，讓她想起了以前的一切，情感的大閘一打開，她再也控制不了自己。這是一個流露的好機會。

外婆和紅姐，當然都是含淚揮別。

不是早已說明白了嗎？這是一次追求美好前途之旅，是很值得歡笑的。

我又留意到一個很叫我窩心的細節。

若美阿姨拍照留念時，從手袋掏出中華白海豚毛公仔，來掩飾她的淚影。

我跟阿姨搭肩拍照留念時，她左手拿着毛公仔，代替了別人常做的V型手勢。右手緊緊地搭着我的肩膀，真的很緊的，好像是要用盡她一生的力氣。

大概只有我，因為自小就相處慣了，才能夠對她的一舉一動，觀察得細膩。若美手持毛公仔，臉上流露的，是別有一番神采。在淚影裏，表達着深情。

有些微小動作，表現出來的愛，無比深沉，卻不是隨便哪個人可以看得出來的。

只有我知道中華白海豚毛公仔對她的意義。

毛公仔腹部的毛，也就是若美的手接觸最多的部位，已經脫光。一對大眼睛上的漆油，經歷了無數不經意的碰撞摩擦，也已經剝落了很多。若美總是需要毛公仔慧黠的目光望着她，她才會覺得安心，這一點，我跟若美一起溫習功課那幾年，已注意到了。做功課時，若美總愛把毛公仔擺在當眼處，溫習功課才會上心，毛公仔是我們溫習功課時的第三者，雖然沉默無語，卻不能缺席。

現在毛公仔也老了，從側面望上去，就像人老了患上青光眼，或白內障，甚至眼盲了。

我相信從若美的角度，感覺卻是不同。毛公仔不是盲了，它只不過是瞇起了眼睛，裏面儲蓄着的慈愛，要儲得足夠多了，才張開眼，一下子釋放出來，才有足夠的爆發力，給她足夠的撫慰。

除了最親的人，比如父母，人世間最能夠讓人覺得溫暖的，就是能夠長年累月廝守在自己身邊的東西。

這些東西通常都不起眼，但只要它們依然在身邊，人就會感到安心，自在。

現在，在人來人往的機場，當外婆秀美舉起相機，為我和若美阿姨拍照，她舉起了毛公仔，淚水就完全收不住了。

阿姨的哭，代表了一種留戀的情緒。

她留戀的情緒一定很複雜，依依不捨的當然包括所有親人，也必定包括她土生土長的地方吧。

一個人的情感，會讓一個人不免有些不切實際的想法。若美阿姨希望當她回來時，她的親人不變，她的土生土長的地方，所眷戀的東西都不變，當她回來時，不會感到太陌生。另一方面，卻又希望變得更好些。這樣矛盾的心情，卻是每個人都能理解。

若美阿姨的出國，不就是為了追求變嗎？一種讓自己的生活變得愈來愈好的變，讓自己的生命變得愈發光彩。但尋常人追求的，也有不變的那個部分。永遠都不會改變。愈是最尋常的人家，就有愈多這樣追求永恆不變的部分。因為追求永恆不變的部分，總是代表真愛。

當初阿姨擁有毛公仔，就把它當是吉祥物。後來她知道了，這也是她土生土長城市的吉祥物。

62、陳芳雨 (10)・母親的歡顏

現在我要提提我的母親若秀了，要不然，她要怪責我了。我相信，讓女兒親自把母親的影子留在家族簡史裏，對她是何等重要的事。

不知道我憶述的事情，她喜歡不喜歡。不過，也不能遷就她太多了，我必須記憶一些有意義的事。

我最喜歡也急於憶述的事情，是我母親若秀的歡顏，可以自然而然，自動地綻開了。我外婆和我看了都很高興，但都假裝看不見。原來她也有自動笑的能力。

二〇〇九年是可怕的一年，空前的金融海嘯席捲全球。我幸而在基層成長，早已明白無論是金融海嘯、經濟危機、自然災難、疫情，都足以把基層一般人家沒頂，我母親怎麼反而歡顏展露呢？

這個時候母親的處境已不同。母親已願意到外婆的粥麵店做事。我父親也到粥麵店，接受宋平的廚藝培訓。以我父親平實勤奮的性格，接班完全沒有問題。這其實等於母親又回到外婆身邊，有了外婆作為定海神針，母親的心定了很多。

有危就有機。

金融海嘯對樓價和股市的衝擊很大，這是必然的。當時的地產代理公司提出了一個廣告詞，叫做「海嘯價」，意味樓價已跌到很低。

外婆催促母親自置一個小單位。

這是母親不敢想像的事，當然猶豫得很。

外婆說：「難道我放下這句話，就甚麼都不理嗎？老實說，也不只是為了你，主要是為了芳雨，難道永遠都要居無定所。」

外婆的口吻，面對女兒，也開始有了做母親的口吻。這種不經不覺的變化，已注入不少親情。

外婆在母親置業了後，又對母親說：「你會很忙，負擔會很重，是要起早摸黑的，阿雨還是住在我那裏，由我照顧。」

外婆似乎擔心母親會像以往那樣，一口拒絕——自己已置業了，又是自己親生女，你又老了，自己照顧自己還忙不來，我的女兒，還要你老人家來操心嗎。讓別人聽見也不好意思。

外婆神色緊張，焦慮，好像一個重犯，等待着判決。外婆還望了我一眼。

母親沒有轉過頭，只低垂着頭，默默地點了點頭。然後，雙手掩着臉，抽泣了起來。

我連忙走了過去，雙手摟抱着母親。

我是不必說任何安慰的話的。

母親現在已完全能夠明白外婆的苦心。她已相信，凡是外婆說的每一句話，每一個計劃，一定都是為了全家的好，都是為了愛。

母親曾經像是整個人被冰封，現在真的被愛融解了。她的情感大閘打開了，情感一被觸動，就會哭了起來。要是作一個心理評估，正是一個療傷的過程。

母親哭得多，但是都是很有幸福感的哭。母親的每一次哭，都可以視為一次成功的療程。

然後，母親開始懂得自然而然地笑了。

母親的笑，是小人物常會有的笑，很真實反映了內心的感受。從生活裏常有的哭（其實哭不出來，難受更大），變成了在生活裏常笑，絕對是不容易的事。

從母親的情感反應，我深深感到，一個人處於社會的怎麼位置上，差別會很大。

一場特大的金融海嘯來襲，按照正常出現的後果，會出現種危機。可是後來，卻像變戲法一般，出現了在我看來不可思議的樓市榮景。

要是我用「量化寬鬆」來向母親解釋這個現象，她會明白嗎？不會明白！極可能感到這個世界很可愛，或相反，很可怕！

母親在樓市最低迷時，以「金融海嘯」價買入的居住單位，樓價節節上升，而供款的利率，卻是歷來超低的。

雖然供款已有十足把握，有了外婆做了很穩固的後盾，但總還是忐忑不安的母親，眼看樓價這樣上升，似乎也放下了心頭大石，歡顏就露出來了。展露在母親臉上的歡顏，連我都覺得很特別，有一種很奇異的光彩。

樓價的升幅，誇張得叫人難以置信。升幅可能是歷來最大的。

供款利率超低，也誇張得叫人難以置信。

世間哪有這樣的好事，好像金錢真的可以從天上掉下來。

母親算是嚐到了社會發展的甜頭，不是那種在街市偶然買到一點平貨的甜，而是甜得不可思議，到底這樣的升幅是否真的？

母親在不知不覺之間已養成了一個習慣，一有機會，就去地產代理商的櫥窗張望一下。磚頭是最貨真價實的一種貨品，所以很多人才會買。母親每次看了都歡天喜地回家。

置業，真的可以叫人脱胎換骨。

外婆有時會情不自禁，緊緊地熱烈地摟抱着我，悄悄地對我說：「你看到你母親怎麼笑嗎?」我也有時緊緊地熱烈地摟抱着外婆，我說：「我看見母親笑得很古怪。」母親能夠變得日漸開朗，是我們最快樂的事。

我有時想，要是母親能夠加入，婆孫三代摟抱在一起，那會是一幅多麼溫馨的畫面。但我想，母親一定不會，她為人已變得太內斂。有一次，母親意外地看見外婆和我即興情不自禁緊緊地熱烈地摟抱在一起的時候，即轉過頭去，假裝看不見。不過，她逃不過我的雙眼，我發現，她嘴角露着笑意。也許在她心的深處，也是希望這樣縱情歡樂一下。

母親性情內斂，是甚麼時候養成的呢?恐怕這也是她創傷的一部分。不過我想，要是若美阿姨也在，由開朗的，不知天高地厚的她來拉我母親進來，四個人摟抱在一起，也是有可能的，那是多麼美麗畫面呀!

63、陳芳雨(11)・世紀疫情

從二〇〇九年到二〇一九年的十年間，應該是母親若秀最快樂時光，是她的黃金時代，連她都相信，日子以後會愈過愈好。一切都是可以看到，觸摸得到的。

不但房子已供完了，每年都不斷地升值所帶來的財富，超出她所有的想像，她一生再怎麼辛勞，都賺不了這麼多錢。乖巧懂事的女兒成長了，所取得的學歷都是她做夢也不敢做的。

她希望得到的依靠都得到了。

如果說，她以前在板間房度過的所有艱難日子都是最真實不過的日子，因為確實感到焦慮、痛苦、沮喪、悲愁、一籌莫展等最難受的人間情感，怎會是假的呢？

現在住在舒服得多的居所，財富等好事卻滾滾而來，反差太大，就顯得很不真實了。她感到的快樂、喜悅、希望，都很陌生，而且來得過於頻繁，不是在人間，而是在天堂才會有的。

這個世界太奇妙了，而現在，她正是生活在這個世界。

雖然感到很虛幻，但同時也會感到很真實。她以前親身感受到的焦慮、痛苦、沮喪、悲愁、一籌莫展，在別人身上仍可以看到。

在一個順遂、凡事都可以安心的環境過日子，一個人的情緒就會變得正常。

十年時間，母親已把粥麵店的業務摸得很清楚。母親就像李芳紅那樣，只要有發揮的機會，也會表現得很精悍。

母親有了這十年的平靜的磨練機會，對她的一生，應該是很重要的十年。

母親看見我這樣憶述她，會同意嗎？

每個人都應該有自己一個世界。

我的意思是，一個人至少要控制好自己的情緒，才算是有自己的一個世界？

有人說，我這個乖女，不是自小就在幫助情緒不定的母親，建立這樣一個世界。

不，只有外婆秀美，才有這樣的力量。

我看母親已有了必要的起碼的自信。

我和若美阿姨有一點感觸是很相同的。我們幸而有機會自小就生活在低層社會，我們的至親都受過很多磨難，多少都明白了甚麼叫「民間疾苦」。

認識「民間疾苦」很重要嗎？認識「民間疾苦」就可以讓一個人多點憐憫之心。就能夠多了一個維度，去認識世界。

沒有自小就對「民間疾苦」的感受，日後縱使看到了「民間疾苦」的現象，都只會有抽象的感覺。

當然，也許只有阿姨和我才會這樣想。

肆虐全球多年那多變的新冠病毒，肯定會在世界史上被詳細描述，不是我們這本小小的家族簡史可以顧及的。

新冠病毒確實造成風聲鶴唳的效果，很多記載着集體記憶的珍貴歷史圖片會留了下來。情況，確實慘烈得如同一場戰爭。

疫症初起時，黎明時分搶購口罩的長龍，人們神色惶惑；滿街戴着口罩的人群，不同顏色和形狀的口罩，在沉鬱的眼神中，卻又展現了另一種詭譎的繽紛。那個時候的口罩，就是生命的同義詞。滿城的口罩，是新的景象；樓宇被查封檢疫，晨曦未露時，聚集在樓下的暫時無家可歸的居民，找不到安頓處，睡神惺忪；一大片空地上，彎彎曲曲的人蛇，排隊輪流快測；無數簡陋隔離房屋，在一些意想不到的地點搭建了起來，場面壯觀；大街餐廳食堂空蕩蕩的，而無數工人卻在雨下蹲在路邊進食，也蔚為奇觀；醫院內通道放滿擔架床，變得很擠迫，有些擔架床被迫推出醫院外；醫護急急匆匆、分秒必爭的步履，已成了必要節奏；屋邨冷寂的休憩地方，零落的老人坐在長板凳，口罩拉到下巴下，一副要透一透氣來的樣子；隨處可見送外賣的新興隊伍，無論是晴日雨天，都可以見到他們的蹤影；莘莘學子，再也不能正常上堂，因為課堂不也正如餐廳一樣，是人高度聚集的地方？學生們的學習和健康受到多大影響呢？後遺症也許很多；即使在疫情最嚴重，風險最大的時候，家庭主婦仍然要上街市。街市正是病毒傳播最危險的地方。

很多很多尋常日子裏的場景，受影響是全民的。

但是否有哪個有心人，去捕捉很尋常，但很重要，會很激動人心的鏡頭？我要說的是在各個領域負責清潔的員工。沒有她們，抗疫的工作就很難想像。

作為病弱老人的集中地，在疫情很嚴重的時候，護老院不是隨便可以去採訪的。在新冠病毒肆虐期間，過萬人的死者當中，很多就是病弱老人。要是患的是重症的話，在離開世界的過程中，承受的又會是多大痛苦。

縱使我在電視直播看到了更多壯觀的畫面，仍像生活在「平行時空」，身處太平盛世，有種了隔岸觀火的感覺。生活在自置單位，就像設立了一個屏障，更把蕭殺得有如寒冬一般的社會惶惶然氣氛隔絕得更徹底。當然，很多生活陷入困境的家庭的惶然，我是理解的。

更加讓我留下具體印象的，是我家裏的人。

作為城市大動脈的飲食業，在疫症來襲時，都是要首當其衝的。疫情轉趨嚴重時，一需要採取隔離措施，整座城市就變了樣子。

死寂了，就像躺平的病人。

母親臉上的歡顏，是我們家境的寒暑表。

縱使儘管我們的家境明顯愈來愈好了，我仍會看到母親臉上乍現驚弓之鳥的神色，很可能她突然想起了甚麼，這可以顯示過去的窮困對我媽產生的可怕影響。

新冠病毒殺到，母親的驚慌失措是無可避免的。

外婆安慰她說：「大環境，人人面對的都是一樣，沒有必然特別擔心。我們還算是好了。必要時，停業一段時間，也承擔得起呀，我們已經有了底子。」

外婆知道若秀是需要她派的定心丸的。她也有意把語調放得平淡些。

外婆總是隨時準備把若秀放在自己羽翼下，正如外婆當流動小販時，被管理隊抓住了，她甚麼都不顧，只把小若秀緊緊地抱在懷裏。

正如曾外婆當年也把外婆秀美當是小雞，放在自己羽翼下保護。

我也受到這樣的保護。

有一次，疫情比較緊張的時候，我因記掛着外婆和母親，去了粥麵店，外婆和母親的即時反應，臉色大變，簡直是變得面如土色。這跟以前高興得來不及的反應，差別太大了。

「你怎麼會到這裏來！」幾乎是同時驚叫了起來。

外婆和母親對我下了禁制令。

我強烈感到，歷盡艱辛的外婆和母親，把我當作是稀有動物那麼保護了。

這就是親情的自然的出乎本能的反應，像母雞保護小雞一樣，拼死保護着後代。

64、陳芳雨 (12)・外曾祖母的形象

在我的記憶裏原本只不過是個模糊身影的外曾祖母蔡烏願，在我的心裏逐漸變成了一個最偉大的人物。

晚年的外婆秀美，很喜歡向我提起外曾祖母的生活片刻，很平凡，有時不免也很叫人辛酸，卻是讓我聽了，覺得外曾祖母這個人物更加立體，更加栩栩如生。

外婆說，她堅信，最美好的食物，總是含有濃烈的感情在內。在她的心頭裏，最好吃的，是外曾祖母每年為她煮的那碗生日米線。

外曾祖母煮的生日米線，總有兩隻雞蛋立於米線之上，很是壯觀。這是傳統的做法，不知是甚麼年代傳了下來的。在很久以前食品匱乏的鄉村，雞蛋一定是貴重食物。除了雞蛋，還會有蠔、蜆、魚蛋、蝦仁……早晨一起來，外婆小秀美就看見一碗米線擺在小桌上，對於她來說，已經成了一件每年最美妙的，最盼望的事。

外曾祖母去世後，外婆說，她過的第一個生日，那種若有所失的感覺如針一般地刺痛了她的

心，她就忍不住痛哭了起來。她知道，縱使家裏很窮，外曾祖母也要用一碗親自煮的美味的生日米線，把她們之間的愛，密密縫了起來，深植在她的基因裏，一生一世，再也逃脱不了。

我相信，要是我在外曾祖母身邊，她一定也會煮一碗這樣美味的生日米線給我吃。

外婆聽了笑了起來，用力把我摟了一下，她説，那是一定的。但現在也不遲，我也可以煮給你吃。

外婆已煮了太多美味的食物給我吃。

現在，外婆每年又都煮了一碗美味的生日米線給我吃。

外曾祖母生前是怎樣操勞的呢？自小就在溫室長大的我，毫無概念。

外婆説她所知也不多。

勞工密集工業最興旺的時期，以製衣和五金為最大宗。五金工業是年輕女孩子的天下，因為工序精細，需要眼力和精力。製衣業活兒較粗重，需要體力，卻可以容納年紀較大的女工。

五金和製衣的廠房，規模都很大。外婆曾去過一次製衣廠房，這唯一一次經驗，腦子裏再也擺脱不了一望無際，迷宮一般印象。

迷宮的牆壁就是一堆又一堆的衣服建成，走到哪裏，碰到的都是同款式衣服。一堆又一堆的衣服中間，就是埋頭苦幹的工人。不論走到哪裏，都要迷路。

外婆後來迷上了一則寓言，講的是一個很簡單的故事，説是一個飢寒交迫的女人誤闖這個迷宮，最初她感到很高興，因為她發現迷宮裏溫暖得多了。她希望逗留在這裏。然而在身體溫暖了後，飢餓感卻甦醒過來，而且更加難受了。在溫暖中餓死比起飢寒交迫中死亡，不知要痛苦多少倍。因為在溫暖中餓死，經歷的時間比起在飢寒交迫的，不知要長了多少。

死不去的痛苦太可怕了。

這時，有把聲音對她説，你可以在一堆又一堆的衣服中間找到你的位置。只是你按着指示工作，不但可以留下來，還有飯吃。這個飢寒交迫的女人感激流涕，從此就在這裏埋首工作，只是日夜擔心主人有一天會把她趕走。

外曾祖母就是這麼一個女人。只要有機會留下來，就會拼命工作。

那一天，外婆在製衣工場一堆又一堆的衣服中間，發現其中一個就是外曾祖母。外曾祖母從左手邊的那堆衣服，拿了一件下來，做了一個不知道是甚麼的工序，然後又放在右手邊的那一堆衣服上去。另外一個女人接着做另一個工序。

每個人都很忙碌。

這就是流水作業。

那時正是炎夏，被太多的衣服包圍，就太悶熱了。熱得會渾身大汗。縱使不是迷宮，縱使可以自由地出入，女工們還是會每天都準時回來。這個寓言並沒有履行説好的承諾。

有一天，這些女工都得離開了。她們面對着一個共同的最大的危機：工廠北遷。李芳紅姐最清楚這個事件給工人帶來的打擊。李芳紅姐正值中年，打擊最大。外曾祖母其實早已過了退休年紀。但對於外曾祖母那一代，是沒有退休這樣的概念的。實在找不到工作時，就退休了。

外曾祖母做了很多工作，都很艱辛。

外曾祖母後來變得很老很老了。

有一回，外婆在遠處望見一個老人家在過馬路，待她看清楚時，原來是外曾祖母。原來她的背部已佝僂得這樣厲害，幾乎已彎成九十度，就像一棵老朽的樹，不堪漫天風雨，而快要折斷了。遠處望去，愈彎愈低的背成了剪影，愈見明顯。

外婆頓時眼眶裏冒出了淚花，她想趕過去，車流就像一把利剪，把她的視線隔斷。

外婆當時想的是，這樣很衰弱的身子，會永遠離開她，是必然的事。在外婆的意識裏，因為抗拒這個日子的來臨，硬要覺得永遠都不會來臨；一來到，就有天旋地轉，撕心裂肺的劇痛。

一想起外曾祖母的一生，外婆都會心如刀割，不僅僅是因為是自己的至親，而是外曾祖母真的活得如此叫人悲傷。

我想起了一句話，那就是一個人一生的總和。

外曾祖母一生的總和是甚麼呢？無數的艱辛的操勞，所付出的比起所獲得的多了不知多少倍。

她一生的謙卑都被認為是理所應當的，她的背部已彎成九十度，也是必然的結果。

我作為外曾祖母的後輩，只有一個感覺，作為弱質女子，卻是個頂天立地的人。

外曾祖母是我摯愛的親人。

65、陳芳雨（13）・人生之路

當我能夠清楚認識到，外曾祖母蔡烏願一生走的，從始至終，都是一條她自己無從選擇的，艱苦掙扎求存的路，我才真正感到震驚！以前我感到外曾祖母的偉大，畢竟是很虛幻的，當我問自己一個問題，如果我落入外曾祖母那樣一個漆黑無邊的處境，會有那麼堅韌的生命力，挺得過去嗎？當我讓自己面對這麼一個問題，很多卑微的人可以稱為偉大，就是因為有這樣的本質。

外曾祖母無聲無息為我們立下了一個標準。

外婆施秀美一生無聲無息實踐着這個標準。一生都充滿了愛，為我們作出了真善美的示範。

我母親達不到這個標準，但她整個人成熟後，也在努力達到這個標準。

有一次，已在美國留學的若美阿姨給我發了一則短訊，她問我：「一個人的人生一開始時，不論日子過得多麼順遂，在漫長的一生裏，也總要自己面對風浪，不排除有時是很大的風浪，出其不意地撲了過來。這種風浪，可以達到海嘯級。這樣巨大衝擊，有時是在個人生活裏遇上的，當然這個人會極度不幸。有些衝擊，波及整個社會，甚至全球，衝擊來襲，自己承受得了嗎？也很難說，所以要做好準備。你同意這樣的說法嗎？」

我看到她這樣寫，立即想到的是，這場世紀疫症，給她打了防疫針了。是給她的整個人生打了防疫針。對我們以後的人生，有了更大的抵抗能力。

若美阿姨面對無常的人生，開始作一番思考了，同時也在提醒我。

人生真的很真實，當你以為已穩得「人生勝利組」一席，卻隨時可以變成鏡花水月。

所以，我回答她，當然就是這樣。一個人哪有可能不生病呢？不過，一個人只要各個方面都準備好，得的就只會是小病，不會是重病。就算是一些並非我們可以控制而不幸得到的重病，應付起來也較有轉機的機會。

這是很顯淺的道理，很容易就看得出，這是一個尚未有人生經驗的小女孩說的輕鬆話。阿姨卻回答說，原來我們的阿雨也這樣成熟，也這麼懂得想了。我彷彿看見她扮了個鬼臉。

這是若美最調皮的時候。

她最喜歡向外婆扮這樣的鬼臉。

我們的對話，好像我們不論長到了哪個年紀，都會帶着點兒幼稚。

不知不覺流露了嬌嬌女的特徵。

我想外婆即使是在她小時候，也不會這樣吧！

曾外婆應該更加不會。

有一回，若美阿姨傳了一幀舊照片給我，她問：還記得嗎？

似曾相識。

但說是舊照片，更像是抽象畫。

畫面色調很昏暗，畫中景物模糊不清。

照片的背景似是一個小公園裏。我和若美阿姨大概就是坐在小公園裏的一個小小角落的。

隔了一條交通繁忙大道，商業大廈裏的燈火依然燦爛。

夜色濃了，打工一族也開始放工了。他們的身影，絡繹不絕步進了昏暗公園裏，也像影子，影影綽綽。

剪影一般的身影，在我們眼前掠過，沒可能看到過路人的神色。只能看見男士偶然被風吹起的領帶，手裏拎着不可能離身片刻的公事包，還有女士飄逸的裙裾和頭髮。所有這一些，都突出了他們急促的步履，就像習慣了一天的奔波，現在仍然收不了腳。

又或許是感到一天的時間都虛耗了，現在要用最後的力氣，以速度，把時間追回來。

歸心似箭，在外面奔波了一天，該回家了。

回家，是一天裏最值得做的事。所有的奔波，都不過是為了一頭家。帶回家的，可能不僅是疲累，還有滿腹來不及放下的委屈。

縱使都市燈火再燦爛，最後最心切要奔赴的，還是屬於自家的那點燈火。那點愈來愈不容易得到的燈火。

不論是哪個人，從事的是哪個行業，是在怎樣的位置上，就算是個吒咤風雲人物吧，一旦加入人群，都不免像螞蟻群中的一員了，匯入燈火昏暗的花園裏的人流，變成了一條蟻路。也只有在這種情況下，才能領略做人的艱難和無奈。因為人總是選擇自己最熟悉，覺得最方便的路走。長長的蟻路，沒有中斷，伸延到港鐵站，那裏就是個龐大無比的蟻洞。蟻路的目標，實際而具體，因而就像勤奮的螞蟻，腳步是永遠的匆忙。

就在大多數人匆匆忙忙趕着回家之路，卻有另一條隊伍，在同一時間穿越這個小公園。這樣看上去，就有兩條人龍，相隔不遠，卻是並排進行着，形成了在這麼一個晚上這麼一刻，在這麼一個地方才見得到的都市景觀。

一條人龍浩浩蕩蕩，還不斷有人加入，不知何時才見龍尾，終點也很明確，就是自己的家。其實這種情況太常見了，在任何一條街上都可以見到。另一條人龍人丁單薄，鮮有人加入，似乎永遠沒有終點，多少人願意加入一條沒有終點的人龍呢？但總不能排除有知音人會加入。

要是人生真的有多條路走，那麼擺在眼前的，就是兩條很具象徵式的，很代表性的路嗎？一條是謀生之路，這是每個人都要走的。另一條是很少人會走的路。這一條路可以稱得上是追求理想之路嗎？因為理想之路從來是很少人敢以去走的，理想之路不會有終點。也許可以這麼說，你以為找到了終點了，其實不是真正的終點。也許很多人是想去試試走一走理想之路，但未開始時，已經知道行不通，其實是沒有這個膽量。

對於大多數人，特別是基層的人來說，應該走哪條路，嚴酷的慘淡的現實人生，已經為他們作出了選擇，要踏踏實實走謀生之路。不然，連累了一家人，沒有人同情。走理想之路嗎？想也不要想。

66、陳芳雨 (14)・結語

外婆說，阿雨，你來作個結語吧。日後你們年輕一代覺得需要續寫家族簡史，已完全不關我們老人家的事了。

我們年輕一代，有可能續寫家族簡史嗎？我們的前輩有這麼多引人深思的人生片刻，平凡，卻是生動，是謙卑的人才有的哲思。我們可能有這麼多血淚人生的感人故事嗎？她們歷盡了多少艱難的日子，要是說起來，只有一個很單純的目的，讓自己的孩子快樂、健康的成長，有個美好的前景。

我們的動力在哪裏呢？

我和若美阿姨曾經有過很浪漫的生活片刻，一定是在一個中秋夜，因為我們周圍很熱鬧，有很多燈籠，很多小家庭圍在一起，吃着月餅。

有哪裏容得了這麼多人？維多利亞公園的大草坪。

我們躺在草坪上，在這樣的氣氛裏，夢想真的可以飛翔了。

「阿姨，世間要是真的有一支苦旅的話，你帶頭加入，我也一定跟隨。」

苦旅隊伍步速極端緩慢。不論你多遲加入，永遠不會太遲。

「我等着你這一句話，已等了好久了。我已經準備好，為你帶個頭。我是一定會出國留學的，時候到了，你也一定要去留學。人生的路很長，我一定會一直等你來的。那才是我們的苦旅之路。」

若美阿姨出國留學之心，已經是那麼堅定。她把出國留學，視為她的人生苦旅。沒有苦旅之心，哪裏會走得遠？

在人間的昏暗裏，若美雙眼閃閃發亮。聲音卻是格外柔和。

「我們的前輩為我們創造了很舒適的環境，難道我們真的就這樣舒舒服服過一生？這像話嗎？」

人生苦旅有很多種，這樣說來，外曾祖母的人生苦旅，是驚心動魂的，充滿苦難，是不得不走的人生苦旅。外曾祖母所身處的時代，逼着她走上一條她不得不走的路。思維敏銳的若美阿姨，極有可能早已領悟到這一點。

若美阿姨要走的也是人生苦旅，是自己選擇的。

我一定也會跟隨着阿姨，走上她帶領的人生苦旅。我已具備了這樣的條件。

阿姨在我的耳畔悄悄地說：「很多人確實走上了人生苦旅。真的能在異常艱難的人生苦旅走下去的人不一定多。譬如說，成功做了醫護還不算苦旅，而是願意到落後地區行醫才算是人生苦旅。」

人生苦旅有很豐富的象徵意義。步速極端緩慢，就更顯得漫漫長路了。

應該説，速度不是人生苦旅追求的。那麼目標是甚麼呢？凡是不容易達到目的，不少是渺茫的。既是以渺茫作為告終，那麼為甚麼又要進行？我還想不透。

不斷苦行，不知道到了甚麼時候，才是個盡頭。人生苦旅像一條慢慢地流淌着的河流。是河流，它的命運也就該是這樣流着。沒有時間的盡頭。

慢慢地流動着，這樣的緩慢，真的可以保持熱力嗎？

我有時真的會問自己，我有這樣的熱力嗎？

我的心裏，總是有個身影。身影特別厚重，好像不僅僅是一個人，而是很多人的化身，但她確實是以一個人的身影出現。一個年老教授，從實驗室出來，她看來昏昏沉沉的，不停地揉着雙眼。半路上遇到一個急着找她採訪的記者。記者劈頭一句話就是：「剛公佈，教授您獲頒諾貝爾醫學獎了。」

「真的是這樣嗎？」

不論是身姿和神色都很疲累，這也顯得微露的笑意突然變得似乎很燦爛，被早已準備好的記者拍攝了下來。

我心裏頭的疲累身影，與另一個疲累身影重疊在一起。這其實也是一個我不熟悉的身影。

我是聽了若美阿姨的一個故事，心裏才開始有了這個身影的。

若美阿姨說，母親秀美有一次感慨地說——你外婆真的很少露出歡顏，但確實有一次她露出笑來了。我有一次看見她領到工資，笑了。她的工資是很微薄的，怎麼還能夠笑得出來呢？

——很久後，我似乎才能理解，這是你外婆認識到了自己的價值而笑。

——我相信，在以前，你外婆在鄉下的時候，是不知道自己有價值的，不論是做家務有多操勞，也不論在田裏有多少收穫，都不知道自己的價值。只有到了大都市，打工有工資發，辛苦掙來的工資可以用來交租，買到生活的必需品，想來這曾為你外婆帶來多大的欣慰，我想應該是無可估量的。

我心中那兩個疲累的身影，在世人眼中，地位迥然。一個是女教授，一個是女工。但她們各自的笑所顯露出來的價值觀，都非同尋常。

大概每個人都在不同層次上追求自己的價值，有很自覺的，也有不那麼自覺的。但她們意識到自己所追求到的價值而笑了出來，大概這就是她們真正想要的了。

大概若美阿姨有一次會對我說：「我差點忘了告訴你，當我們作着人生苦旅，其實也是在追求着我們心裏的價值。」

香港藝術發展局
Hong Kong Arts Development Council 資助

香港藝術發展局全力支持藝術表達自由，
本計劃內容並不反映本局意見。

本創文學 100

家族簡史

作　　者：許榮輝
責任編輯：黎漢傑
設計排版：Gao & Kui (AIR GARDEN)
法律顧問：陳煦堂 律師

出　　版：初文出版社有限公司
　　　　　電郵：manuscriptpublish@gmail.com

印　　刷：陽光印刷製本廠

發　　行：香港聯合書刊物流有限公司
　　　　　香港新界荃灣德士古道 220-248 號
　　　　　荃灣工業中心 16 樓
　　　　　電話：(852) 2150-2100　傳真：(852) 2407-3062

海外總經銷：貿騰發賣股份有限公司
　　　　　　電話：886-2-82275988　傳真：886-2-82275989
　　　　　　網址：www.namode.com

版　　次：2024 年 6 月初版
國際書號：978-988-70341-9-3
定　　價：港幣 118 元　新臺幣 440 元

Published and printed in Hong Kong

香港印刷及出版